Mental Toughness हैंडबुक

Mental Toughness हैंडबुक

जीवन की चुनौतियों का सामना करने,
नकारात्मक भावनाओं को प्रबंधित करने और
साहस एवं शिष्टता के साथ विषम परिस्थितियों का सामना करें

डेमन जहरिएड्स

प्र
प्रभात
प्रकाशन

प्रकाशक
प्रभात प्रकाशन प्रा. लि.
4/19 आसफ अली रोड, नई दिल्ली–110002
फोन : 011–23289777 • हेल्पलाइन नं. : 7827007777
इ–मेल : prabhatbooks@gmail.com ❖ वेब ठिकाना : www.prabhatbooks.com

संस्करण
2025

अनुवाद
पुरनेश कुमार त्रिपाठी

पेपरबैक मूल्य
तीन सौ पचास रुपए

मुद्रक
आर–टेक ऑफसेट प्रिंटर्स, दिल्ली

———— ★ ————

MENTAL TOUGHNESS HANDBOOK
by Damon Zahariades
(Hindi translation of THE MENTAL TOUGHNESS HANDBOOK)

Published by **PRABHAT PRAKASHAN PVT. LTD.**
4/19 Asaf Ali Road, New Delhi-110002

ISBN 978-93-5521-878-0

₹ 350.00 (PB)

मानसिक दृढ़ता के बारे में उल्लेखनीय उद्धरण

"सफल व्यक्ति डरता है, सफल व्यक्ति संदेह करता है और सफल व्यक्ति को चिंता होती है; लेकिन ये भावनाएँ उसे सफल होने से रोक नहीं पाती हैं।"

—टी. हर्व एकर

"यदि आपकी अंतरात्मा कहती है कि आप पेंट नहीं कर सकते हैं तो आप किसी भी तरह से पेंट करें, और वह आवाज शांत हो जाएगी।"

—विंसेंट वान गाग

"सही मानसिक दृष्टिकोणवाले व्यक्ति को अपना लक्ष्य प्राप्त करने से कोई भी चीज नहीं रोक सकती; गलत मानसिक दृष्टिकोणवाले व्यक्ति की इस पृथ्वी पर कोई भी चीज मदद नहीं कर सकती।"

—थॉमस जेफरसन

"किसी व्यक्ति के व्यक्तित्व का दायरा उस समस्या की तीव्रता द्वारा निर्धारित किया जाता है, जो किसी व्यक्ति को अपने दिमाग से इसे बाहर निकालने में सक्षम है।"

—सिगमंड फ्रायड

"मानसिक दृढ़ता त्याग, आत्म-बलिदान, समर्पण के गुणों से युक्त संयमीवाद है। यह निडरता है, और यह प्रेम है।"

—विंस लोम्बार्डी

परिचय

जिस किसी ने भी स्थायी सफलता हासिल की है, उसके पास मानसिक दृढ़ता है। एथलीट, कॉरपोरेट अधिकारी, शिक्षक, अभिभावक, छात्र, उद्यमी, लेखक··· विशेषज्ञता का क्षेत्र अप्रासंगिक है।

तथ्य यह है कि यदि किसी व्यक्ति ने लंबे समय से उत्कृष्ट प्रदर्शन किया है तो यह इस बात का पर्याप्त सबूत है कि वह मानसिक रूप से दृढ़ है।

लगातार उत्कृष्टता प्राप्त करने का कोई अन्य तरीका नहीं है।

स्थायी सफलता की राह बाधाओं से भरी है।

किसी को भी बख्शा नहीं गया है।

ऐसी बाधाएँ, जिनसे हमें अपने लक्ष्य से दूर होने का खतरा रहता है, उनका सामना करने के लिए मानसिक दृढ़ता की जरूरत होती है। मन की इस स्थिति का शाब्दिक अर्थ सफलता और असफलता के बीच का अंतर हो सकता है।

मानसिक दृढ़ता के कई नाम

मानसिक दृढ़ता के लिए कई पर्यायवाची शब्दों का प्रयोग किया जाता है और कुछ शब्द दूसरों की तुलना में कम सटीक होते हैं। इसके उदाहरण निम्नलिखित हैं—

- धैर्य,
- अटलता,

- सख्त पकड़,
- गंभीरता,
- सहनशीलता,
- लचीलापन,
- संकल्प,
- निश्चय,
- मानसिक सहन-शक्ति,
- मानसिक साहस,
- अनुशासन।

हम भाग 1 : 'मानसिक दृढ़ता के मूल सिद्धांत' में इनका विस्तार से वर्णन करेंगे। अभी के लिए इसके सामान्य सिद्धांत को समझना पर्याप्त है : मानसिक दृढ़ता विपत्ति के समक्ष हमारा स्थायित्व है।

आप इस सिद्धांत को अधिक विस्तार से देखेंगे, क्योंकि हमने इसके व्यक्तिगत स्थायित्व के कई पहलुओं की जाँच की है और भाग-II : 'मानसिक दृढ़ता विकसित करने में निर्णायक कारक' में इनका समाधान किया है। हम भाग-II में कई सामग्री कवर करेंगे। पुस्तक का यह भाग जल्दी से आगे बढ़ता है और आपने जो भी सीखा है, उसका प्रयोग करने में आपकी मदद करने के लिए इसमें कई अभ्यास दिए गए हैं।

अंत में भाग-III : 'मानसिक रूप से दृढ़ होने के लिए क्विक-स्टार्ट गाइड' में हम आगे बढ़ने के लिए आपके अंदर लचीलापन उत्पन्न करने हेतु 10 चरणों वाले कार्यक्रम का प्रयोग करेंगे। आप अपने पूरे जीवन में इस नव-विकसित मानसिक दृढ़ता को बनाए रखना भी सीखेंगे।

यह पुस्तक क्या है (और क्या नहीं है) और किस चीज के बारे में है

इस पुस्तक का लक्ष्य आपको सफलता का ऊँचा स्तर हासिल करने में मदद करना है, चाहे आप अपने जीवन के जिस भी क्षेत्र में ध्यान केंद्रित

करना चाहें। संक्षेप में, मैं आपको यह दिखाने जा रहा हूँ कि कैसे मानसिक लचीलापन विकसित करना है और कैसे अपने जीवन में आनेवाली बाधा, असफलता या दुर्भाग्य का सामना करना है।

इसमें आशावादी दृष्टिकोण और सकारात्मक आत्म-चर्चा से अधिक होने जा रहा है। मैं आपसे झूठ नहीं बोलूँगा; इसमें आपको कठिन मेहनत करनी होगी। इसमें आपको प्रयास करने होंगे और इस पूरे कार्यक्रम में कई स्थानों पर आपको निराशा होगी। लेकिन मानसिक रूप से दृढ़ होने का लाभ बहुत अधिक है। आप ज्यादा सफल, शक्तिशाली और प्रभावशाली महसूस करेंगे। आपको ऐसा लगेगा, जैसे आप जो भी सोचेंगे, उसे हासिल कर सकते हैं।

इस मानसिकता में आप धीरे-धीरे बदलाव से जो विश्वास पैदा करेंगे—और यह एक क्रमिक प्रक्रिया है—वह आपको अपने जीवन को बदलने में मदद करेगा। क्या इसका अर्थ यह है कि माता-पिता के रूप में श्रेष्ठ होना, उद्यमी के रूप में अधिक-से-अधिक सफलता का आनंद लेना या अपने दोस्तों व प्रियजनों के साथ आपके द्वारा आनंदित रिश्तों में सुधार करना आपके फोकस पर निर्भर करता है ?

मेरी राय में, अधिकांश व्यक्तिगत विकास की पुस्तकें बहुत लंबी होती हैं। ये किस्सागोई, प्रशंसा और शोध से प्रेरित गद्य से भरे हुए हैं, जो बौद्धिक भव्यता की सीमाएँ हैं।

यह पुस्तक अलग है। यह उपर्युक्त की अपेक्षा हलकी है और काररवाई योग्य सलाह एवं सामग्री पर भारी है, जिसका आप आज से ही प्रयोग करना शुरू कर सकते हैं। मेरा लक्ष्य आवश्यक सामग्री को अच्छी तरह से, लेकिन जल्दी कवर करना है, ताकि आप जल्द-से-जल्द सलाह का प्रयोग कर सकते हैं। आप द्वारा छोटी सी पुस्तक को पढ़ने और इसका लाभ उठाने तथा इसके निर्देश के आधार पर तुरंत कार्य करने से अधिक खुशी मुझे किसी अन्य चीज में नहीं मिलेगी।

यह पुस्तक आपके लिए कैसे काम करती है

आप पूरी पुस्तक में कई अभ्यासों से होकर गुजरेंगे। कृपया उन्हें नजरअंदाज न करें। उन्हें पूरा करने के लिए समय निकालें। अधिकांश अभ्यास बहुत ही आसान हैं और उन्हें पूरा करने में थोड़ा सा ही समय एवं प्रयास लगता है।

मुझे संदेह है कि कई पाठक केवल इन्हीं कारणों से इसे नजरअंदाज करेंगे, क्योंकि ये आसान हैं और इन्हें जल्दी किया जा सकता है। मैं आपको अलग होने के लिए प्रोत्साहित करता हूँ। इस आत्मविश्वास से ये अभ्यास करें कि इनसे आपको मानसिक रूप से दृढ़ होने में मदद मिलेगी। हालाँकि यह पुस्तक तकनीकी रूप से अभ्यास पुस्तिका नहीं है। इसमें सिर्फ सीखने की अपेक्षा कार्य करने को प्राथमिकता दी गई है।

क्यों? क्योंकि यदि आप अपने जीवन में बदलाव लाने के लिए इसका प्रयोग करना चाहते हैं तो आपको इससे सीखी गई जानकारियों का प्रयोग करना जरूरी है।

आप इसे अनुभव से सीखते हैं। मैंने उन पुस्तकों की गिनती नहीं की है, जिन्हें मैंने पढ़ा है और उन कार्यशालाओं की भी गिनती नहीं की है, जिनमें मैंने भाग लिया है तथा इनसे प्राप्त जानकारी का उपयोग न कर पाने के कारण मैंने इनसे प्राप्त मार्गदर्शन को खो दिया है। शायद आप इस भूल को सुधार सकते हैं।

अत: दोबारा हमारा कहना है कि कृपया इन अभ्यासों को पूरा करें। मुझे बहुत ही खुशी होगी, यदि आप इस पुस्तक को समाप्त करते-करते इन्हें पूरा कर लेंगे।

आपका मिशन, यदि आप इसे स्वीकार करना चाहते हैं···

क्या आपके जीवन में सफलता क्षणिक है? क्या आपको अपने चुनिंदा फोकस क्षेत्रों में श्रेष्ठता हासिल करने और उसे बनाए रखने में कठिनाई का सामना करना पड़ा है? क्या आपके जीवन में ऐसे अप्रत्याशित उतार-चढ़ाव आए हैं, जिनसे आप हतोत्साहित, क्रोधित और उदास हुए हैं?

यदि ऐसा है, तो आज सकारात्मक बदलाव की शुरुआत करने का सही अवसर है।

इस बात से कोई फर्क नहीं पड़ता है कि आप अपने जीवन के किस पड़ाव पर हैं या वर्तमान में आप किस तरह के संघर्ष का सामना कर रहे हैं; आप अपनी परिस्थितियों को सुधार सकते हैं। आप बड़े पैमाने पर सफलता हासिल कर सकते हैं। इस तथ्य से आपके अंदर व्यावहारिक आशावाद भर जाना चाहिए। कुल मिलाकर आपका अपनी मानसिकता पर जबरदस्त प्रभाव है। आप इसे नियंत्रित कर लें और आप निश्चित रूप से इस जंग को जीत लेंगे।

'Mental Toughness हैंडबुक' आपको लड़ने के लिए तैयार करेगी। इससे आपको प्रतिकूल समय में दृढ़ बने रहने के लिए आवश्यक साधन, विधिवत् योजना और प्रशिक्षण प्राप्त होगा।

हम इस यात्रा में साथ-साथ चलेंगे। मैं आपका टूर गाइड बनूँगा और आपके अधिकतम समय एवं चौकस संसाधन को सुनिश्चित करूँगा। जैसे ही हम इस यात्रा को पूरा करेंगे और हम यह मान लेंगे कि आपने इसमें दिए गए अभ्यासों को पूरा कर लिया है, आपको लगेगा कि आपकी मानसिकता बदलनी शुरू हो गई है, आपने सही ढंग से मानसिक रूप से दृढ़ होना शुरू कर दिया है।

क्या यह आपको अच्छा लगता है ? तो आइए, शुरुआत करते हैं।

अनुक्रम

भाग–1

मानसिक दृढ़ता के मूल सिद्धांत

कोई भी व्यक्ति जन्म से ही मानसिक रूप से दृढ़ नहीं होता है। हम में यह ठीक उसी प्रकार से समय बीतने के साथ–साथ विकसित होती है, जैसे हमारी मांसपेशियाँ विकसित होती हैं। यह बहुत ही अच्छी खबर है, क्योंकि इसका मतलब यह है कि कोई भी व्यक्ति इसे हासिल कर सकता है। केवल हमें वचनबद्ध होने की जरूरत होती है।

कई लोग मानसिक दृढ़ता को विकसित नहीं कर पाते हैं। इसका कारण यह है कि इसमें बहुत सारा काम करना पड़ता है तथा धैर्य रखना पड़ता है, और इसे करने में थोड़ी हताशा भी होती है। इसमें तकलीफें शामिल हैं। आप एक विशेष समूह का हिस्सा हैं, क्योंकि आप इस काम को करने के लिए तैयार हैं और आप ऐसी मानसिकता विकसित करने के लिए निराशा को सहन कर सकते हैं, जिससे आपका पूरा जीवन आनंदमय हो जाएगा।

लेकिन पहले यह सोचें! मानसिक दृढ़ता विकसित करने से पहले आपको इसके कई पहलुओं को समझना जरूरी है। इसलिए हम इस भाग में इन पहलुओं पर ध्यान देंगे। हम यह देखेंगे कि मानसिक दृढ़ता क्या है और इससे कैसे आपका जीवन सुधरेगा ?

जिन लोगों को इसमें महारत हासिल है, मैं उनके कथनों का भी वर्णन करूँगा। आप अपना कौशल विकसित करते समय इस चेकलिस्ट का प्रयोग व्यक्तिगत तुलना के लिए करने में सक्षम होंगे।

अंत में हम मानसिक दृढ़ता के कई दुश्मनों को भी उजागर करेंगे। ये वे बाधाएँ हैं, जो आपको विपरीत परिस्थितियों में हतोत्साहित करने का प्रयास करेंगी। जब आप भाग-1 पढ़ना समाप्त कर लेंगे तो आप वास्तव में इन बाधाओं से अवगत हो जाएँगे। यह अग्रिम जागरूकता प्रतिकूल परिस्थितियों का सामना करने में आपकी मदद करेगी।

एक त्वरित नोट : आपने संभवतया इस पुस्तक की विषय-वस्तु पर एक नजर डाली होगी। यदि ऐसा है तो आपने देखा होगा कि इसमें कई अध्यायों को शामिल किया गया है। आप इससे भयभीत न हों। अधिकांश अध्याय छोटे हैं, क्योंकि हम इस सामग्री का प्रयोग करने पर ध्यान दे रहे होंगे।

न्यूनतम सिद्धांत, अधिकतम कार्य।

अब आगे बढ़ते हैं।

□

मानसिक दृढ़ता क्या है (और कैसे यह धैर्य से अलग है)?

मैंने पूर्व में इसकी सामान्य परिभाषा दी है—मानसिक दृढ़ता प्रतिकूलता के समक्ष स्थायित्व है। लेकिन यह परिभाषा अस्पष्ट है, इसलिए आइए, हम इस परिभाषा को स्पष्ट करते हैं।

पहले, इसमें तनाव के प्रति हमारी प्रतिक्रिया शामिल है। क्या हम कमजोर पड़ जाते हैं या डटे रहते हैं? क्या हम इसे छोड़ देते हैं या पूरी अवधि तक ठहरते हैं?

दूसरे, इसमें अपनी भावनाओं के प्रति हमारी प्रतिक्रियाएँ शामिल होती हैं। जब हम उदास होते हैं तो हम क्या करते हैं? जब हमारे जीवन में अन्याय होता है तो हम अपने क्रोध व निराशा से कैसे निपटते हैं?

तीसरे, इसमें हमारा लचीलापन शामिल है। जब हमारे जीवन में चीजें गलत हो रही होती हैं तो क्या हम उन चीजों को भूलकर फिर से सही रास्ते पर आ जाते हैं या अपनी इस कठिन परिस्थिति के लिए दूसरों से शिकायत करते हैं अथवा उन्हें दोष देते हैं?

चौथे, इसमें हमारा धैर्य शामिल होता है। जब हम अपने लक्ष्यों को प्राप्त करते समय बाधाओं का सामना करते हैं तो क्या हम आगे बढ़ते हैं या हार मान लेते हैं? धैर्य और मानसिक दृढ़ता को अकसर एक ही माना जाता है।

सचमुच ऐसा नहीं है। धैर्य एक विशेषता है, जो प्रतिकूल परिस्थितियों में निरंतर प्रयत्न करते रहने की तरफ हमारे झुकाव को परिभाषित करता है। मानसिक दृढ़ता मन की एक अवस्था है। यह ऐसी परिस्थितियों में हमारे व्यवहारगत स्थायित्व को परिभाषित करती है। यह हमारे सामान्य दृष्टिकोण का वर्णन करती है।

इस प्रकार इसके लिए धैर्य की अपेक्षा आत्मसंयम का प्रयोग करना ज्यादा उचित है।

कहा जाता है कि मानसिक दृढ़ता विकसित करने में धैर्य एक महत्त्वपूर्ण घटक है। धैर्य हमें अपनी नकारात्मक भावनाओं के प्रति अपनी प्रतिक्रियाओं को नियंत्रित करने में मदद करता है। यह हमारे अंदर आत्मविश्वास भर देता है, जो हमें असफलता से डरने के बजाय उपलब्धि पर ध्यान केंद्रित करने के लिए जरूरी है। हमें मानसिक रूप से दृढ़ होना असंभव लगता है और हमारे अंदर पर्याप्त मात्रा में धैर्य नहीं होता है।

अब, जब हमने मानसिक दृढ़ता की परिभाषा को स्पष्ट कर दिया है तो आइए, इसे कुछ वास्तविक जीवन के उदाहरणों से समझते हैं।

मानसिक दृढ़ता के वास्तविक उदाहरण

आप संभवतया कम-से-कम एक खिलाड़ी को तो जानते ही होंगे। यदि वह व्यक्ति अपने प्रदर्शन की परवाह करता है तो उसके पास मानसिक दृढ़ता है। खिलाड़ी, चाहे वे फुटबॉल के खिलाड़ी हों या फिगर स्केटिंग के, वे अपने मन व शरीर को रिंगर पर ही रखते हैं। ऐसा कोई तरीका नहीं है कि वे मानसिक स्थायित्व के स्तर को विकसित किए बिना अपने लिए आवश्यक दंडात्मक अनुशासन और अपने मानकों से नीचे प्रदर्शन करने पर होनेवाली निराशा को झेल सकें।

आप कम-से-कम एक उद्यमी को भी जानते होंगे। यदि उस व्यक्ति ने एक सफल व्यवसाय खड़ा किया है तो आप यह सुनिश्चित कर सकते हैं कि उसने अत्यधिक तनाव-युक्त समय का अनुभव किया है। उद्यमी और

व्यवसायी अनगिनत बाधाओं एवं अवरोधों का सामना करते हैं। वे दीर्घकाल में केवल एक ही तरीके से सफल हो सकते हैं और वह तरीका उन बाधाओं एवं अवरोधों को सहन करना तथा उनसे निपटना है।

डॉक्टर और नर्सों के बारे में विचार करें। ये पेशेवर व्यक्ति रोजाना जीवन एवं मृत्यु का सामना करते हैं, और इनमें से कोई भी स्थिति लिखित नहीं होती है। चाहे आपातकालीन कक्ष हो या ऑपरेशन थिएटर, चीजें अकसर गलत हो जाती हैं। अप्रत्याशित जटिलताएँ सबसे खराब समय में ही आती हैं। डॉक्टर और नर्स केवल अपनी भावनाओं को नियंत्रित करके, अपनी वर्तमान परिस्थितियों को स्वीकार करके और जब चीजें प्रतिकूल होती हैं, उस समय जल्दी-जल्दी कार्य करके प्रभावी ढंग से अपना काम करते हैं।

उन प्रथम कार्यकर्ताओं के बारे में सोचें, जिन्हें इमरजेंसी वाले स्थान पर पहुँचकर विशेष सहायता प्रदान करने का कार्य सौंपा गया है। ऐसे कार्यकर्ताओं में फायरमैन, पुलिस अधिकारी, पैरामेडिकल स्टाफ और अन्य अत्यधिक प्रशिक्षित व्यक्ति शामिल हैं। वे बहुत ही तनावपूर्ण माहौल में कार्य करते हैं। उनसे उच्च स्तर पर प्रदर्शन करने की उम्मीद की जाती है, जबकि उनकी जिंदगी खतरे में होती है। मानसिक दृढ़ता के बिना वे ऐसा नहीं कर सकते।

यदि आप माता-पिता हैं तो निस्संदेह आपके पास पर्याप्त रूप से मानसिक दृढ़ता पहले से ही होगी, भले ही यह आपके जीवन के एकल क्षेत्र में ही केंद्रित हो। बच्चों के पालन-पोषण में अनिश्चितता और भय शामिल होता है। उदाहरण के तौर पर, घबराहट और नकारात्मक भावनाओं के बावजूद अप्रत्याशित चोट या गंभीर बीमारी का सामना करना जरूरी है। सुनहरे भविष्य के लिए अकसर वर्तमान खुशियों का त्याग करना पड़ता है। स्वस्थ, आत्मविश्वासी, सक्षम व आत्मनिर्भर बच्चों की परवरिश के लिए तनाव, भय और अपराध-बोध की आवश्यकता होती है।

अपने जीवन के हर क्षेत्र में मानसिक रूप से मजबूत बनना

उपर्युक्त लोगों द्वारा प्रदर्शित मानसिक दृढ़ता के उदाहरण हैं, जिन्हें आप

शायद जानते हैं। वास्तव में आप भी उन लोगों में से एक हो सकते हैं। लेकिन हमारे जीवन के एक क्षेत्र में प्रदर्शित मानसिक दृढ़ता अकसर हमें अन्य क्षेत्रों में वंचित रखती है।

उदाहरण के तौर पर, अपने व्यवसाय को चलाने के दौरान प्रतिकूल परिस्थितियों को सहन करने की मेरी क्षमता का मतलब यह नहीं है कि मैं बच्चे के पालन-पोषण की चुनौतियों का भी सामना करने में सक्षम हूँ। इसी तरह एक डॉक्टर, जो आपातकालीन कक्ष में शांत और प्रभावी रहने में सक्षम है, वह वैवाहिक समस्याओं से संबंधित तनाव को सहन करने में असमर्थ हो सकता है।

इस पुस्तक में यह बताया गया है कि अपने जीवन के सभी क्षेत्रों में मानसिक रूप से मजबूत कैसे बनना है! जब आप ऐसा कर लेते हैं तो आपका मन यह जानकर शांत रहेगा कि आप किसी भी परिस्थिति को संतुलित, गौरवशाली और आत्मविश्वासपूर्वक सँभाल सकते हैं।

□

मानसिक रूप से दृढ़ होने के 10 लाभ

जैसा कि हमने पहले उल्लेख किया, मानसिक दृढ़ता विकसित करने के लिए निराशा के साथ-साथ काम और धैर्य की आवश्यकता होती है। इस अनुभव को प्राप्त करने का एकमात्र कारण यह उम्मीद करना है कि ऐसा करने से आपके जीवन में उल्लेखनीय सुधार आएगा।

इस बारे में आइए, जल्दी से ऐसे 10 तरीकों की जाँच कर लेते हैं, जो आपके मन को प्रतिकूलता का सामना करने के लिए मजबूत करते हैं और इनसे आपको आनेवाले वर्षों में लाभ मिलेगा।

लाभ 1 : नकारात्मक भावनाओं के प्रति अत्यधिक प्रतिरोध

भावनाएँ दुधारी तलवार होती हैं। एक तरफ, वे हमें आनंद का अनुभव कराती हैं, हमें कार्य करने के लिए प्रेरित करती हैं और हमें दूसरों के साथ सहानुभूति रखने में मदद करती हैं। हालाँकि ते हमें नुकसान भी पहुँचाती हैं। नकारात्मक भावनाएँ, जैसे—क्रोध, शर्म, भय और चिंता हमें भयानक निर्णय लेने, गलतियों को छिपाने और जब चीजें प्रतिकूल हों तो समर्पण की तरह का अनुभव करने के लिए उकसाती हैं।

जब आप मानसिक रूप से दृढ़ होते हैं तो आप अपनी भावनाओं को बेहतर ढंग से नियंत्रित करने में सक्षम होंगे। आप अभी भी उनके संपर्क में होंगे, लेकिन नकारात्मक भावनाओं का प्रतिकूल परिस्थितियों में आपके व्यवहार और प्रतिक्रियाओं पर कम प्रभाव पड़ेगा।

लाभ 2 : उन्नत प्रदर्शन

श्रेष्ठ प्रदर्शन आपकी मानसिकता से उत्पन्न होता है। इसमें शामिल है कि आप असफलताओं पर कैसे प्रतिक्रिया देते हैं! चाहे आप एथलीट, सर्जन, रसोइया या संगीतकार हों, उच्च स्तर पर प्रदर्शन करने की आपकी क्षमता इस बात पर निर्भर करती है कि जब चीजें गलत हो रही होती हैं तो आप कैसा महसूस करते हैं और प्रतिक्रिया करते हैं? यदि आप असफलता का सामना करते समय शिथिल हो जाते हैं तो आपका प्रदर्शन प्रभावित होगा। इससे भी बदतर स्थिति यह है कि आप कभी भी अपनी क्षमता तक पूरी तरह नहीं पहुँच पाएँगे।

मानसिक दृढ़ता आपको बाधाओं के लिए तैयार करती है। जब आप उनका सामना करते हैं तो उनसे डरने के बजाय आप उनसे शानदारपूर्वक और आत्मविश्वास के साथ निपटेंगे। आप कठिन या अनियोजित परिस्थितियों का सामना करने और चुनौतियों से पार पाने में अत्यधिक सफल होंगे।

लाभ 3 : यह आत्मविश्वास कि परिस्थितियाँ सुधरेंगी

यदि आप प्रतिकूलता के प्रति लचीले नहीं हैं तो चीजें गड़बड़ होने पर आप आसानी से भाग्यवादी हो सकते हैं। आप हार मानने जैसा महसूस कर सकते हैं और इस बात से सहमत हो सकते हैं कि जीवन न्यायपूर्ण नहीं है। आप स्वयं को यह बताते हुए हार को स्वीकार करने के लिए इच्छुक हो सकते हैं कि डटे रहना व्यर्थ है, क्योंकि वर्तमान परिस्थितियों के बेहतर होने की संभावना नहीं है।

लेकिन यह धारणा गलत है। परिस्थितियाँ हमेशा बदलती रहती हैं और वे प्राय: हमारे कार्यों के परिणामस्वरूप ऐसी होती हैं। तनावपूर्ण स्थिति या तो अधिक तनावपूर्ण हो सकती है या तनाव बढ़ानेवाली उत्तेजनाओं के प्रति हमारी व्यावहारिक प्रतिक्रियाओं के आधार पर तनाव-मुक्त हो सकती है। असहज स्थिति या तो अधिक असहज या सुखद बन सकती है, जो इस बात पर आधारित होती है कि हम अपने माहौल के प्रति कैसी प्रतिक्रिया देते हैं।

जब आप मानसिक रूप से कठिन परिस्थितियों के प्रति लचीले हो जाते हैं तो आप उन्हें सहन करने में सक्षम होते हैं और आपको यह विश्वास होता है कि आपके समाधान से परिस्थितियाँ निश्चित रूप से सुधरेंगी।

लाभ 4 : तनाव को प्रबंधित करने की अत्यधिक क्षमता

तनाव वास्तविक और कथित दोनों प्रकार के परिणामों की उम्मीद से उत्पन्न होता है। यह इस ज्ञान से आता है कि हम जो भी कर रहे हैं, उसमें बहुत ज्यादा जोखिम शामिल है। यदि हम खराब प्रदर्शन करते हैं तो कुछ बुरा हो जाएगा।

उदाहरण के तौर पर, बिक्रीकर्ता को अपना बिक्री कोटा पूरा करना जरूरी होता है, अन्यथा उसे अपनी नौकरी और आमदनी से हाथ धोना पड़ेगा। फायरमैन को अपना कार्य प्रभावी ढंग से करना जरूरी है, अन्यथा लोगों की जिंदगी खतरे में पड़ सकती है। खिलाड़ियों को श्रेष्ठ प्रदर्शन करना जरूरी है, अन्यथा उन्हें अपने प्रतियोगी से हारने का खतरा होता है।

मानसिक दृढ़ता आपको दबाव सहने की क्षमता प्रदान करती है। इसके वशीभूत होने के बजाय आप कामयाब होने में सक्षम होते हैं। आपकी दृढ़ता आपको अत्यधिक तनावपूर्ण स्थितियों में अपनी क्षमताओं को प्रेरित करने, आशावादी होने और आत्मविश्वास से भरे रहने में मदद करती है।

लाभ 5 : आत्म-संदेह के प्रति कम संवेदनशीलता

कोई भी व्यक्ति पूरी तरह से आत्म-संदेह से बच नहीं सकता है। मुझे किसी ऐसे व्यक्ति को दिखाएँ, जो अक्खड़ होते हुए भी हमेशा शांतचित्त प्रतीत होता है और मैं आपको ऐसे व्यक्ति दिखाऊँगा, जो कभी-कभी (और शायद अकसर) स्वयं का पूर्वानुमान लगाते हैं।

आत्म-संदेह हम सभी को प्रभावित करता है। हमें संदेह है कि क्या हम इसे प्रभावी ढंग से पूरा करने में सक्षम हो पाएँगे? हमें शंका है कि क्या हम अपने लक्ष्य हासिल कर पाएँगे? हम इससे भी खराब स्थिति देखते हैं,

जिससे हमारे भीतर का आलोचक हमारे आत्मविश्वास को तहस-नहस कर देता है।

मानसिक दृढ़ता आत्म-संदेह को समाप्त नहीं करती है। इसके बजाय यह आपके प्रदर्शन को बरबाद करने से आत्म-संदेह को रोकती है। यह आपको यह स्वीकार करने का अवसर देती है कि हालाँकि असफल होने की संभावना है, इसका भय कठिन साक्ष्य के बजाय असुरक्षा से उत्पन्न होता है। सफलता की संभाव्यता आपके आंतरिक आलोचक के संकेतों की तुलना में अधिक संभावना है।

लाभ 6 : आपके इरादों और उद्देश्य के संबंध में ज्यादा स्पष्टता

प्रतिकूल परिस्थितियों से निपटना तब मुश्किल होता है, जब आप उन कारणों से अनिश्चित होते हैं कि आप ऐसा क्यों कर रहे हैं? यदि आप इस बारे में अस्पष्ट हैं कि आप प्रयास क्यों कर रहे हैं, तो कार्य करने के लिए प्रेरित रहना कठिन है।

उदाहरण के तौर पर, मान लीजिए कि आपने नौकरी ढूँढ़ने में महीनों लगा दिए हैं। पथ-प्रदर्शकों ने वादा किया है और आपका बचत खाता घट रहा है। हतोत्साहित होना आसान है।

इसे छोड़ना आकर्षक है। यह निराशा की शक्ति है, क्योंकि यह असफलता पर फोकस होती है और इस प्रक्रिया में आपके उद्देश्य को कठिन बना देती है।

जब आप मानसिक रूप से मजबूत होते हैं तो आप उन कारणों पर फोकस करने में सक्षम हो जाते हैं, जब आप अपने लक्ष्य को पूरा करने का प्रयास कर रहे हैं। आप आशाहीनता के अनुभवों के प्रति कम ग्रहणशील होते हैं, क्योंकि आप जानते हैं कि यह कार्य क्यों कर रहे हैं! यह ज्ञान आपको आनेवाली चुनौतियों का सामना करने के लिए प्रेरित रखता है। □

लाभ 7 : निर्भयता

अज्ञात भय अपने सामर्थ्य को हासिल करने में सबसे आम बाधाओं में से एक है। यह विभिन्न तरीकों से उजागर होता है; लेकिन इनमें से एक हम सभी के लिए परिचित तरीका है—हमारे सुविधा-क्षेत्रों से परे जोखिम उठाने की संभावना पर चेतावनी।

मनुष्य आराम और भविष्यवाणी पर भारी मूल्य चुकाता है। हम आश्चर्य और स्वच्छंदता का आनंद लेने का दावा कर सकते हैं; लेकिन वास्तव में हम में से अधिकांश लोगों को इसकी आदत होती है। हम दिनचर्या का अनुसरण करते हैं। यह दिनचर्या हमें अपने माहौल में आरामदायक और नियंत्रण में महसूस कराती है। इसके फलस्वरूप, कुछ नया करने का प्रयास करने का विचार ही हमारे संकोच करने का कारण है। हम अज्ञात से डरते हैं।

मानसिक दृढ़ता इस डर को मिटा देती है। यह हमें अपने सुविधा-क्षेत्र से बाहर निकलने और नई चीजों को आजमाने का साहस देती है। इसके फलस्वरूप यह हमें विकसित होने, नए कौशल उत्पन्न करने और नया ज्ञान व अंतर्दृष्टि प्राप्त करने का अवसर देती है।

लाभ 8 : असफलता को स्वीकार करने (और उससे सीखने) की क्षमता

असफलता जीवन का एक अनिवार्य हिस्सा है। जब भी हम कुछ पूरा करने की कोशिश करते हैं तो कभी-कभी असफल होने की संभावना होती है।

ज्यादातर लोग असफलता से बचने का बहुत प्रयास करते हैं। वे इसे

अपने चरित्र और मूल्य के कलंक के रूप में समझते हैं। इस प्रकार वे खतरा उठाने और गलतियाँ करने से बचते हैं; जबकि ऐसा करने से उनकी व्यक्तिगत और पेशेवर उन्नति में बाधा आती है। उनके लिए असफलता अस्वीकार्य होती है।

मानसिक लचीलापन आपको न केवल किसी भी प्रयास के संभावित परिणाम के रूप में असफलता को स्वीकार करने के लिए तैयार करता है, बल्कि आपको अपनी गलतियों से सीखने का अवसर भी देता है। असफलता को अपने चरित्र और मूल्य की पहचान के रूप में समझने के बजाय आप इसे भविष्य में उन्नत प्रदर्शन हेतु सुधारात्मक काररवाई करने के अवसर के रूप में देखेंगे। असफलता की संभावना का अब आपके ऊपर कोई भी अधिकार नहीं होगा।

लाभ 9 : संतुष्टि को टालने की अत्यधिक क्षमता

यदि विकल्प दिया जाए तो हम बाद की अपेक्षा संतुष्टि को ही वरीयता देते हैं। यह मनुष्य का स्वभाव है। समस्या यह है कि इस सहज ज्ञान-युक्त पसंद के प्राय: नकारात्मक परिणाम होते हैं।

ये हमें अपने लक्ष्यों को छोड़ देने के लिए प्रेरित करते हैं, क्योंकि इसके लिए बहुत अधिक प्रयास करने की आवश्यकता होती है। यह हमारे धैर्य और आवेग नियंत्रण को दूर कर देती है, क्योंकि हम यह महसूस करते हैं कि सहनशीलता एक प्रकार का अनावश्यक दु:ख है। यह किसी उद्‌देश्य को पूरा करने हेतु कठिन परिश्रम करने से हमें हतोत्साहित करती है, क्योंकि हम उस क्षण मौजूद आनंद से प्रलोभित होते हैं।

मानसिक दृढ़ता संतुष्टि को टालने की आपकी क्षमता को बढ़ाती है। आप अब आवेग के वश में नहीं होंगे। आप उन प्रलोभनों का विरोध करने में सक्षम होंगे, जो आपको घेर लेते हैं और मार्ग में बड़े लाभांश का वादा करनेवाले प्रयासों के लिए अपनी ऊर्जा एवं ध्यान समर्पित करते हैं।

लाभ 10 : चीजों को चलने देने की इच्छा

हम उन चीजों पर पकड़ बनाते हैं, जिनसे हमें भावनात्मक पीड़ा होती है। इसके उदाहरणों में वे गलतियाँ शामिल हैं, जिनके भयानक परिणाम होते हैं, दूसरों से अपमान सहना पड़ता है और हमारे अतीत से पछतावा करने योग्य निर्णय होते हैं। ये चीजें कभी-कभी हमें परिभाषित करना शुरू कर सकती हैं। वे हमारी पहचान के हिस्से बन जाते हैं। जब वे ऐसा हो जाते हैं तो हमें आंतरिक शांति और आत्मविश्वास से वंचित रखते हैं, जिसका हम अन्यथा अनुभव करते।

जब आपके अंदर मानसिक दृढ़ता उत्पन्न होती है तो आप इन चीजों को होने देने के प्रति अधिक इच्छुक हो जाते हैं। अतीत के दर्द और पछतावे पर विचार करते रहने के बजाय आप उन्हें अपनी निरंतर वृद्धि के प्रारंभिक प्रयास के रूप में देखेंगे। प्रत्येक गलती एक सीख बन जाती है, जिससे अंतर्दृष्टि प्राप्त होती है। प्रत्येक कथित अपमान बहुमूल्य संबंधों को पोषित करने के लिए एक अवसर बन जाता है। प्रत्येक पछतावा करने योग्य निर्णय आपके इरादों का फिर से परीक्षण करने और यह सुनिश्चित करने कि वे आपके मूल्यों के अनुसार हैं, उसका एक अवसर बन जाता है।

अंततः इन चीजों का उद्द्देश्य पूरा होने के बाद आप उन्हें उनके स्थान, अर्थात् अतीत में छोड़ते हुए आगे बढ़ने में सक्षम होंगे।

●●●

यह भाग लंबा था। लेकिन यह जानना जरूरी है कि गानरिाक दृढ़ता अपनाने से आपको क्या लाभ होने वाला है? आइए, अब मानसिक रूप से दृढ़ व्यक्तियों की सामान्य विशेषताओं का पता लगाते हैं।

□

मानसिक रूप से दृढ़ व्यक्तियों की 7 मुख्य विशेषताएँ

अपने जीवन में ऐसे लोगों के बारे में सोचें, जिन्होंने आपकी सफलता की परिभाषा को साकार किया है। हो सकता है, यह आपके परिवार का कोई सदस्य हो, जिसने एक प्रतिस्पर्धी बाजार में अपना विशाल व्यापार खड़ा किया है।

हो सकता है, यह आपका दोस्त हो, जो लगातार अपने लिए निर्धारित प्रत्येक व्यक्तिगत और पेशेवर लक्ष्य को पूरा करता हो। शायद यह एक सहकर्मी हो, जो अपनी नौकरी में विशेष रूप से प्रभावी हो।

हर व्यक्ति की तरह ये व्यक्ति भी प्रतिकूलता का सामना करते हैं। उनके जीवन में भी चीजें गलत होती हैं। अप्रत्याशित परिस्थितियों के कारण लगातार उन्हें भी अपने लक्ष्य से भटकने का डर बना रहता है। असफलता हर कोने में घूमती रहती है और कभी-कभी यह अवश्यंभावी हो जाती है।

फिर भी वे डटे रहते हैं और अंत में इन बाधाओं के होते हुए भी वे सफल हो जाते हैं।

इन प्रत्येक व्यक्तियों ने मानसिक दृढ़ता विकसित कर ली है। इन्होंने प्रतिकूल परिस्थितियों का सामना करते समय लचीला होना सीख लिया है।

वे धैर्य, दृढ़ता और साहसपूर्वक चुनौतियों का सामना करने में सक्षम होते हैं, उन्हें अपनी योग्यताओं पर आत्मविश्वास होता है और वे इस तथ्य से आश्वस्त होते हैं कि कठिनाई एवं असफलता अनिवार्य है।

यह सीखने के लिए कि क्या चीज उन्हें विश्वस्त करती है, इन लोगों का अवलोकन करना ज़रूरी है। इसलिए यहाँ पर सात महत्त्वपूर्ण विशेषताएँ दी गई हैं, जो उनकी मानसिक दृढ़ता में शामिल हैं।

विशेषता 1 : जिन चीजों से आप प्रभावित नहीं हो सकते हैं, उन चीजों से उन्हें स्वयं को सुलझाने की क्षमता

हम सभी की तरह वे लोग, जो मानसिक रूप से दृढ़ हैं, कई चीजों के बारे में भावुक हैं। उदाहरण के तौर पर, कुछ लोग नवीनतम राजनीतिक समाचार देखते हैं, रायों को पढ़ते हैं और अंतर्दृष्टि प्राप्त करने की आशा में पंडितों की बातें सुनते हैं। दूसरों के लिए बड़े मुद्दे, जैसे—ग्लोबल वार्मिंग, मानव तस्करी और खाद्य सुरक्षा उनका ध्यान आकर्षित करते हैं।

मानसिक रूप से दृढ़ व्यक्तियों के लिए जो चीज अलग हटकर होती है, वह उनका त्वरित विवेक होता है। अपनी पसंद के बावजूद वे इनमें से अधिकांश मुद्दों को प्रभावित करने में असमर्थ होते हैं। यह निजी रियायत उन्हें जो चीज संभव है, उसे करने के बाद अलग होने देती है, जिससे उन्हें उन चीजों पर ध्यान केंद्रित करने की स्वतंत्रता मिलती है, जिन पर उनका महत्त्वपूर्ण प्रभाव हो सकता है।

उदाहरण के तौर पर, ग्लोबल वार्मिंग को देखें। व्यक्तिगत रूप से, हम मत दे सकते हैं, हम याचिकाओं पर हस्ताक्षर कर सकते हैं और हम अपने व्यक्तिगत कार्बन फुटप्रिंट को कम कर सकते हैं। लेकिन हमारे अंदर वैश्विक स्तर पर इस मुद्दे को वास्तव में प्रभावित करने की क्षमता नहीं होती है। उचित व सम्मानजनक परिणाम प्राप्त करने की आशा के बिना मुद्दे को आगे बढ़ाने का प्रयास करते हुए अनगिनत समय व्यतीत करना निराशा का कारण है।

मानसिक रूप से दृढ़ व्यक्ति जानते हैं कि कब स्वयं को अलग करना है और आगे बढ़ना है।

विशेषता 2 : अप्रत्याशित घटनाओं को सँभालने में लचीलापन

जीवन में उतार-चढ़ाव आते रहते हैं। जिस क्षण हम आश्वस्त होते हैं

कि कोई भी स्थिति ठीक वैसे ही काम करेगी, जैसा कि हम अनुमान लगाते हैं, तो हम ऐसी अप्रत्याशित परिस्थितियों का सामना करते हैं, जिनसे चीजों के गड़बड़ होने की आशंका बनी रहती है।

अधिकांश व्यक्ति अप्रत्याशित घटनाक्रम से हैरान रहते हैं और यहाँ तक कि लकवाग्रस्त भी होते हैं। यह दूसरा क्षेत्र है, जिसमें मानसिक रूप से दृढ़ व्यक्ति भीड़ से अलग खड़े होते हैं। वे महसूस करते हैं कि जबकि योजनाएँ बनाना उपयोगी है, लेकिन अप्रत्याशित स्थितियाँ सबसे अधिक सावधानीपूर्वक तैयार की गई योजनाओं को भी तुरंत बरबाद कर सकती हैं। अतः वे इसके अनुकूल बनना सीख जाते हैं। वे खुद को मानसिक रूप से लचीला होने के लिए प्रशिक्षित करते हैं, ताकि जब भी वे अप्रत्याशित परिस्थितियों से टकराएँ तो वे स्वयं को इसके अनुकूल बना सकें।

क्या आपने कभी किसी ऐसे व्यक्ति को देखा है, जिसे आप जानते हैं कि वह अपनी कोशिश में हमेशा कामयाब होता है ? क्या आपने कभी सोचा है कि जब वे एक के बाद एक बाधाओं का सामना करते हैं तो वे कैसे शांत रह सकते हैं ? यह काफी हद तक अप्रत्याशित घटनाओं के प्रति उनकी अनुकूलन क्षमता एवं मनोवैज्ञानिक तैयारी के कारण है।

यह उन व्यक्तियों की मुख्य विशेषता है, जो मानसिक रूप से दृढ़ होते हैं।

विशेषता 3 : सशक्त आत्म-जागरूकता

आत्म-जागरूकता आपकी भावनात्मक स्थिति की पहचान है, आपके निर्णय एवं कार्यों को संचालित करनेवाले मकसद और आपके व्यक्तित्व व स्वभाव का प्रभाव है। यह एक सामान्य परिभाषा है, लेकिन यह अभी के लिए पर्याप्त है।

मानसिक रूप से मजबूत लोग अधिक आत्म-जागरूक होते हैं। उन्हें ऐसा होना चाहिए। प्रभावी ढंग से प्रदर्शन करने और अपने सामने आनेवाली किसी भी स्थिति को सँभालने का उनका आत्मविश्वास इस जागरूकता से

उत्पन्न होता है। वे बदलती परिस्थितियों के अनुकूल होने और बाधाओं को दूर करने के लिए न केवल अपनी ताकत के कारण भरोसा करते हैं, बल्कि इसलिए भी कि वे अपनी कमजोरियों को स्वीकार करते हैं। इससे वे अपनी भावनाओं को नियंत्रित कर सकते हैं, तनाव को कम कर सकते हैं और जब चीजें गड़बड़ होती हैं तो लचीले बने रहते हैं।

अधिकांश लोगों का मानना है कि उनके पास मजबूत आत्म-जागरूकता है; लेकिन मेरी राय में कुछ लोग ही वास्तव में ऐसा करते हैं। निश्चित रूप से, हम में से अधिकांश उन चीजों को पहचानते हैं, जो हमारी भावनाओं को प्रेरित करती हैं। हम जानते हैं कि कुछ प्रेरणाएँ हमें क्रोधित, तनाव-युक्त या खुश करती हैं। हम यह भी जानते हैं कि हमारे अंदर अच्छे व बुरे दोनों लक्षण मौजूद होते हैं; लेकिन सच्ची आत्म-जागरूकता अधिक गहराई तक मौजूद होती है। मानसिक रूप से दृढ़ व्यक्ति अपनी मानसिकता की जाँच करके और प्रतिपूरक रणनीतियों का विकास करके प्रतिकूल परिस्थितियों से निपटने में अपनी मदद करते हैं।

विशेषता 4 : अनिश्चित परिस्थितियों का सामना करने की इच्छा

हमने इस बारे में बात की कि मानसिक रूप से मजबूत लोग अप्रत्याशित घटनाओं के अनुकूल होने की क्षमता रखते हैं (विशेषता 2)। वे अनिश्चितता का सामना करने की भी इच्छा रखते हैं। वे मानते हैं कि उनकी कोई भी योजना त्रुटि-रहित नहीं है। इसके विपरीत, वे सहज रूप से जानते हैं कि सभी योजनाएँ अप्रत्याशित घटनाओं के आधार पर असफलता के प्रति अति संवेदनशील हैं।

1800 के दशक में प्रशिया की सेना के प्रमुख हेल्मथ वॉन मोल्टके ने कहा था, "कोई भी युद्ध योजना दुश्मन की जानकारी से नहीं बचती है।"

और इस स्वीकार्यता के बावजूद वे आगे बढ़ने के लिए प्रेरित होते हैं। वे यह जानते हुए लड़ाई करने के लिए तैयार रहते हैं कि संभावित असफलता हर कोने में मौजूद होती है।

यह एक असामान्य विशेषता है। हम में से कुछ लोग इसके साथ ही जन्म लेते हैं। अन्यथा यह अकसर ऐसी प्रतिकूल परिस्थितियों का सामना करते-करते

समय के साथ विकसित होती है, जो लगातार भावनात्मक, मनोवैज्ञानिक और यहाँ तक कि शारीरिक पराजय का खतरा पैदा करती हैं। मुझे एक भी मानसिक रूप से दृढ़ व्यक्ति को दिखाएँ और मैं आपको ऐसे व्यक्ति को दिखाऊँगा, जिसने ढेरों समस्याओं तथा चुनौतियों का सफलतापूर्वक सामना किया है।

विशेषता 5 : निराशा से वापस लौटने की क्षमता

यह जीवन निराशाओं से भरा पड़ा है। कुछ निराशाएँ छोटी होती हैं और उनका हमारी दिनचर्या पर नगण्य प्रभाव पड़ता है। अन्य निराशाएँ ज्यादा गंभीर होती हैं और वे हफ्तों तक हमारे दिमाग को प्रभावित कर सकती हैं। उदाहरण के तौर पर, मान लीजिए कि आप अपनी नौकरी में वर्षों से पदोन्नति की उम्मीद लगाए बैठे थे, लेकिन जब इसका समय आया तो आपको नजरअंदाज कर दिया गया, या कल्पना करें कि आप इस आशा में वर्षों से ओलंपिक खेलों में जाने का प्रशिक्षण ले रहे थे, लेकिन जब आपका चयन नहीं हुआ तो आपके सपने धूमिल हो गए।

इस प्रकार की निराशाएँ इतनी दर्दनाक हो सकती हैं कि हम भविष्य में जोखिम उठाने से बचने लगते हैं। वे हमें इस बिंदु तक आशंकित कर सकती हैं कि हम लक्ष्यों को निर्धारित करने, योजनाएँ बनाने और कार्य करने में अक्षम हैं। संक्षेप में, हम मार्ग में इस प्रकार की निराशाओं का अनुभव करने से बचने के लिए बहुत दूर तक जाएँगे।

मानसिक रूप से दृढ़ व्यक्ति का भिन्न दृष्टिकोण होता है। हम लोगों की तरह वे स्वीकार करते हैं कि निराशाएँ, चाहे वे छोटी हों या बड़ी, अवश्यंभावी हैं। लेकिन वे यह भी मानते हैं कि ऐसी घटनाएँ सीखने के उत्तम अवसर हो सकती हैं, और वे इसके अनुसार खोज करते हैं। निराशाजनक परिणामों से अकसर उन युक्तियों का पता चलता है, जो काम नहीं कर रही हैं, जो अप्रभावी हैं—और वे गलतियाँ, जिन्हें नजरअंदाज किया जा सकता है।

यह स्वस्थ दृष्टिकोण मानसिक रूप से दृढ़ व्यक्तियों के असफल होने पर उनमें सुधार करना आसान बनाता है।

विशेषता 6 : भावनात्मक दक्षता

हम सभी नकारात्मक भावनाओं का अनुभव करते हैं। वे निराशा, अपूर्ण आशाओं और अप्रत्याशित घटनाओं से उत्पन्न होती हैं, जो हमारे जीवन को जटिल बना देती हैं।

उदाहरण के तौर पर, आप अपनी नौकरी में खराब प्रदर्शन की समीक्षा प्राप्त करने के बाद मायूस हो सकते हैं। शायद आपको स्वयं पर गुस्सा आ सकता है, जब आप कई दिनों तक किसी परीक्षा की तैयारी करने के बाद भी बहुत कम ग्रेड प्राप्त करते हैं। हो सकता है कि आपको पिछली बार किसी चौड़े रास्ते पर अप्रत्याशित यातायात की वजह से किसी महत्त्वपूर्ण व्यक्ति से मिलने के लिए निर्धारित समय से देरी से पहुँचने पर बहुत अधिक निराशा हुई हो।

हम में से कई लोग अपनी भावनाओं पर निर्भर होते हैं। यह एक समस्या हो जाती है, जब हम नकारात्मक भावनाओं, जैसे—मायूसी, क्रोध और निराशा का अनुभव करते हैं। ये भावनाएँ हमें पीछे कर देती हैं। वे हमें तर्कसंगत निर्णय लेने एवं उपयोगी कार्य करने से रोकती हैं और इस तरह वे हमारी व्यक्तिगत व पेशेवर उन्नति में बाधा डालती हैं।

मानसिक रूप से दृढ़ व्यक्ति का अपनी भावनाओं पर नियंत्रण होता है। उनकी भावनात्मक बुद्धि (EQ) अपने अधिकांश सहकर्मियों की अपेक्षा ज्यादा होती है। इसका यह अर्थ नहीं है कि वे कभी भी नकारात्मक भावनाओं का अनुभव नहीं करते हैं; बल्कि इससे यह अर्थ निकलता है कि वे इन भावनाओं से अवगत हैं और वे उनको नियंत्रित करने में सक्षम हैं तथा वे अपने उद्देश्य की ओर आगे बढ़ सकते हैं।

विशेषता 7 : व्यावहारिक दृष्टि

अपने आसपास की नकारात्मकता में फँस जाना आसान होता है। हमें रोजाना ढेरों नकारात्मकताओं का सामना करना पड़ता है। चाहे वह नवीनतम राजनीतिक घोटाला हो या क्षितिज पर लंबित मंदी की रिपोर्ट, हम निराशा और निराशावादी महसूस करने से खुद को बचा सकते हैं।

यह कहा जाता है कि मानसिक दृढ़ता आमतौर पर उन लोगों में पाई जाती है, जिनके पास सकारात्मक दृष्टिकोण होता है। ये व्यक्ति भविष्य के बारे में आशावादी होते हैं। स्पष्ट रूप से वे जोशीले नहीं होते हैं कि संसार के विघटित होने पर खुश हों। इसके बजाय वे एहतियातन आशावादी होते हैं, अवसर देखते हैं; जबकि दूसरे व्यक्ति केवल आपदा और निराशा देखते हैं। मानसिक रूप से दृढ़ व्यक्ति उत्साही और व्यावहारिक होते हैं। वे नकारात्मकता से अपने मन को सुरक्षित रखते हैं तथा उसे अपने अंदर घर नहीं करने देते हैं। इस बीच उन्हें अपनी योग्यताओं पर भरोसा होता है और वे प्रत्येक स्थिति में सर्वश्रेष्ठ कार्य करने का ठोस निर्णय लेते हैं।

मानसिक दृढ़ता के बारे में अच्छे समाचार

कोई भी व्यक्ति मानसिक रूप से दृढ़ पैदा नहीं होता है। इसे हम सभी को अपने अंदर विकसित करना पड़ता है। यह एक शानदार समाचार है, क्योंकि इसका अर्थ यह है कि आप इसको नियंत्रित करते हैं। आप ऊपर उल्लेख की गई प्रत्येक सात विशेषताओं को अपने जीवन में शामिल कर सकते हैं। जब चीजें गलत हो रही होती हैं तो भयभीत होने, निराश होने और आत्मविश्वास खोने के बजाय आप मानसिक लचीलापन विकसित कर सकते हैं, जिसे आपको प्रभावी ढंग से प्रदर्शित करने की जरूरत है।

अब हमने मानसिक रूप से दृढ़ व्यक्तियों की सबसे सामान्य विशेषताओं को कवर किया है, तो आइए, हम आगे बढ़ते हैं। आइए, मानसिक दृढ़ता विकसित करते समय मार्ग में आनेवाली कुछ सबसे बड़ी बाधाओं का अवलोकन करते हैं।

□

मानसिक दृढ़ता के 8 कट्टर दुश्मन

अपनी योग्यता के प्रति आश्वस्त रहते हुए जटिलताओं एवं असफलताओं का सामना करना सीखना एक लंबा मार्ग है। यदि मानसिक लचीलापन विकसित करना आसान होता तो हर व्यक्ति इसे कर लेता और छोड़ देने का विचार हमारे लिए अजीब होता।

तथ्य यह है कि हमारे जीवन में बाधाएँ आती हैं, जो एक समय में बहुत तीव्र प्रतीत हो सकती हैं। हमें अपने मन को निराशा का सामना करने के लिए प्रशिक्षित करना जरूरी है, जो चीजों के अस्त-व्यस्त होने पर हमारे आत्मविश्वास और आशावाद को कम कर देती हैं।

आपको अपने मार्ग में कई प्रतिकूलताओं का सामना करना पड़ेगा। वास्तव में आप पहले से ही उनमें से कुछ प्रतिकूलताओं से परिचित होंगे। ये सभी प्रतिकूलताएँ आपको भयभीत करने का प्रयास करती हैं और जब स्थितियों को सँभालना मुश्किल हो जाता है तो उनसे हार मान लेने के लिए दबाव डालती हैं।

नीचे हम आपकी तेजी से बढ़ती मनोवैज्ञानिक दृढ़ता के आठ सबसे सामान्य खतरों पर एक नजर डालेंगे। इस सत्र के अंत में आप वास्तव में जान जाएँगे कि किन खतरों पर ध्यान देना है, क्योंकि आप धीरे-धीरे अपने संकल्प को मजबूत करते हैं। यदि आप उनके सिर उठाने से पहले ही पहचान लेते हैं तो आप उनसे निपटने के लिए बेहतर ढंग से सुसज्जित हो जाएँगे।

शत्रु 1 : आत्म-करुणा (खुद पर तरस खाना)

स्वयं के प्रति दु:ख व्यक्त करना थकाऊ काम है। इसके लिए बहुत अधिक ऊर्जा की जरूरत होती है। यह हमारे संकल्प को ध्वस्त कर देता है, जिससे कठिन परिस्थितियों में डटे रहने के बजाय असफलता को स्वीकार करने की संभावना अधिक हो जाती है। हम प्रतिकूल परिस्थितियों में से अपना रास्ता निकालने के लिए अपने मन को दृढ़ करने के बजाय उन पर निर्भर हो जाते हैं, जिससे हमारा व्यवहार प्रभावित होता है। अपनी आस्तीनों को ऊपर की तरफ मोड़ने और अपनी एड़ियों को जमीन में दबाने के बजाय हमें इस तथ्य पर ध्यान देना होता है कि चीजें गलत हो रही हैं। हम इस नकारात्मकता में तल्लीन रहते हैं, जो हमें हमारी प्रतिकूल परिस्थितियों को नियंत्रित करने के लिए आवश्यक कदम उठाने से रोकती हैं।

आत्म-करुणा में यह खतरा छिपा होता है। यह मनोवैज्ञानिक लचीलेपन का अभिशाप है।

शत्रु 2 : आत्म-संदेह (अपनी योग्यता पर भरोसा न होना)

जब आप में अपनी योग्यताओं और कौशल पर भरोसा नहीं होता है तो प्रतिकूल परिस्थितियों में मानसिक रूप से दृढ़ बने रहना मुश्किल होता है। लेकिन योग्यता और कौशल की कमी इसका शायद ही मुख्य कारक होता है, जो यह निर्धारित करता है कि आप असफल होंगे या अपनी परिस्थितियों से निपटेंगे! निर्णायक कारक आमतौर पर असुरक्षा होती है। असुरक्षा निष्क्रियता को जन्म देती है, जो आपकी सफलता के लिए इससे भी बड़ा खतरा है।

अपनी योग्यता पर भरोसा न करने में कुछ भी गलत नहीं है। ऐसा करना स्वाभाविक है। यह हमें सुरक्षित करने और आगे आनेवाले कठिन कार्य के लिए हमें तैयार करने का हमारे मन का एक तरीका है। 500 भाग्यशाली सी.ई.ओ., विश्व स्तरीय खिलाड़ी, फिल्म के शीर्ष निर्देशक और यहाँ तक कि राष्ट्रपति भी इसका अनुभव करते हैं।

समस्या तब उत्पन्न होती है, जब आत्म-संदेह हमारे दिमाग में घर कर

जाता है और इसे निष्क्रिय कर देता है। हमारी सारी ऊर्जा हमारी कथित कमियों पर केंद्रित हो जाती है, जिससे हम असुरक्षित और अक्षम हो जाते हैं।

शत्रु 3 : आपके अंदर का आलोचक

यह शत्रु ऊपर दिए गए शत्रु 2 से संबंधित है; लेकिन इस पर अलग से ध्यान देना जरूरी है, क्योंकि इसका हमारे संज्ञानात्मक विचार पर गंभीर प्रभाव पड़ता है।

हम सभी के अंदर एक आलोचक मौजूद होता है। यह हमारे अंदर की आवाज होती है, जो यह बताती है कि हम बहुत अच्छे, स्मार्ट या बहुत आकर्षक नहीं हैं। यह टट्टू है, जो हमें यह समझाने की कोशिश करता है कि हम उस सफलता के लायक नहीं हैं, जो हम चाहते हैं। यह हमारे द्वारा किए गए हर काम में गलती ढूँढ़ता है और इस बात पर अड़ा रहता है कि दूसरे भी ऐसा ही करेंगे।

जब आप मानसिक दृढ़ता का विकास करते हैं तो आपके भीतर का आलोचक आपके लिए सबसे कठिन चुनौती साबित हो सकता है। यह न केवल आपके प्रदर्शन (कथित एवं वास्तविक दोनों) के नकारात्मक पहलुओं पर ध्यान केंद्रित करेगा, बल्कि आपको ऐसा करने के लिए प्रेरित करने की कोशिश करेगा; और जब आपका मन नकारात्मकता पर केंद्रित हो जाएगा तो आपके अंदर का आलोचक आपको अपने संकल्प को मजबूत करने के कार्य से सफलतापूर्वक भटका देगा।

मानसिक रूप से दृढ़ होने के लिए नकारात्मक आत्म-वार्त्ता को शांत करना जरूरी है। भाग 2 : मानसिक दृढ़ता को विकसित करने में महत्त्वपूर्ण कारक में मैं आपके अंदर के आलोचक को यह दरशाने के लिए कुछ सुझाव दूँगा कि कौन मालिक है।

शत्रु 4 : भय

भय कई प्रकार का होता है। हमें दूसरों को नाराज करने का डर होता

है। हमें उनकी अपेक्षाओं को पूरा नहीं कर पाने का डर होता है। हमें अपनी अपेक्षाओं को पूरा नहीं कर पाने का डर होता है। हमें असफलता का डर होता है। हमें सफलता का डर होता है। हमें अपरिचित और अनजान व्यक्ति से डर होता है।

इसके बावजूद डर हमारे मनोवैज्ञानिक लचीलेपन को नष्ट कर देता है। यह हमारे संकल्प को खत्म कर देता है, इससे अस्वास्थ्यकर भावनाएँ उत्पन्न होती हैं और हम संभावित रूप से नकारात्मक परिणामों पर ध्यान देने लगते हैं। हम आपदा की संभावना से ग्रस्त हो जाते हैं।

भय वास्तविकता को विकृत करता है। इसका तात्पर्य यह है कि प्रलय और विनाश हमारे प्रदर्शन का पालन करने के लिए निश्चित है। अगर हम डर को अपने मन में बिठा लेते हैं तो इससे पहले कि हम काररवाई करें, हम हार मान लेते हैं। सच्चाई यह है कि हम जो कुछ भी कर रहे हैं, उससे होनेवाले नुकसान की संभावना इतनी असीम है कि वे विचार के योग्य नहीं हैं।

भय से प्रत्येक संभावित नकारात्मक परिणाम प्राप्त होता है और वह इसके प्रभाव को बढ़ाता है। उदाहरण के तौर पर, यदि हमें कोई प्रस्तुतीकरण देना है तो हमारा भय हमसे कहता है कि हमारे दर्शक हमारा मजाक उड़ाएँगे और इस प्रकार हम हमेशा के लिए अयोग्य असफलता में फँस जाएँगे। वास्तव में हमें अपने दर्शकों पर अनुकूल प्रभाव डालना है; हालाँकि कुछ चीजें नियोजित तरीके से नहीं हो रही होती हैं।

भय ऐसी भावना है, जो मानसिक दृढ़ता के विकास का विरोध करती है। जब मानसिक दृढ़ता विकसित हो जाती है तो भय शक्तिहीन हो जाता है।

शत्रु 5 : आलस्य

आलस्य का अनुभव करने में कुछ भी गलत नहीं है, न ही आराम का मौका प्राप्त करने में कुछ भी गलत है। हमें ऐसा नियमित आधार पर करना चाहिए। इसका विकल्प थकान है और थकान आलस्य के मुकाबले आपके प्रदर्शन एवं उत्पादकता के लिए बहुत बड़ा खतरा होती है। यह कहा गया

है कि एक आलस्य दूसरे आलस्य को जन्म दे सकता है, यदि इसे दूर नहीं किया गया।

उदाहरण के तौर पर, मान लीजिए कि आपका अलार्म सुबह बजता है और उसके बजते ही तुरंत बिस्तर छोड़ने के बजाय आप स्नूज कर देते हैं। कुछ मिनट बाद आप उसे फिर से स्नूज कर देते हैं। आप ऐसा बार-बार करते हैं और जब आप अंत में बिस्तर छोड़ते हैं तो सुस्ती महसूस करते हैं और आपको देर होने लगती है। आपकी सुबह अच्छी शुरुआत करने का अच्छा समय होता है और इससे आपके पूरे दिन का प्रदर्शन निर्धारित होता है।

इस केस में सुबह आलस्य करने से आलस्य की सामान्य अनुभूति का दरवाजा खुल जाता है और आलस्य की यह अनुभूति चीजें गलत होने पर भी आपको निरंतर प्रयत्न करने से रोकेगी। प्रतिकूलता का सामना करने और डटे रहने के बजाय आपकी मानसिक सुस्ती आपको हार मानने के लिए प्रोत्साहित करेगी।

शत्रु 6 : पूर्णतावाद

हम सभी बिना त्रुटि के प्रदर्शन करना चाहते हैं। काम पर हम त्रुटि-रहित प्रस्तुतीकरण देना चाहेंगे। घर पर हम अपने रहने के स्थान को पूरी तरह से अस्त-व्यस्त रहित बनाना चाहेंगे। खेल में भाग लेते समय हम त्रुटिहीन निष्पादन प्रदर्शित करना चाहते हैं। स्कूल में हम प्रत्येक असाइनमेंट और परीक्षा में सफल होना चाहते हैं।

संक्षेप में, हम संपूर्ण होना पसंद करते हैं।

हम में से अधिकांश यह स्वीकार करने को तैयार हैं कि हम परिपूर्ण नहीं हैं। हम में से कुछ लोगों के लिए पूर्णता से कम होने का विचार हमारी संवेदनशीलता के लिए अभिशाप है। हम इसे स्वीकार करने में अक्षम होते हैं। इसलिए हम अपनी खुद की उम्मीदों को आंशिक रूप से संतुष्ट करने और दूसरों की उम्मीदों से आंशिक रूप से निराश होने के लिए जो भी करते हैं, उसमें संपूर्ण होने का प्रयास करते हैं।

समस्या यह है कि पूर्णतावाद मानसिक दृढ़ता का संकट है। कोई भी चीज निष्क्रियता को उत्पन्न नहीं करती है और यह नीरस विचार पूरी तरह से संज्ञानात्मक लचीलेपन को खत्म कर देता है कि संपूर्ण से कम का कोई प्रदर्शन अस्वीकार्य है। यह आत्म-उत्पीड़न आत्म-संदेह को जन्म देता है और आपके अंदर के आलोचक को प्राथमिकता देता है।

शत्रु 7 : भावुकता

हमारी भावनाएँ हमारी सर्वश्रेष्ठ मित्र या सबसे खराब शत्रु हो सकती हैं। कभी-कभी हम खुशी, आशा, प्रेम और प्रेरणा का अनुभव करते हैं। ये सकारात्मक भावनाएँ हमें अपने भविष्य के बारे में विश्वस्त, संतुष्ट और आशावादी महसूस करा सकती हैं। कभी-कभी हम क्रोध, उदासी और ईर्ष्या का अनुभव करते हैं। ये नकारात्मक भावनाएँ हताशा एवं अप्रसन्नता की अनुभूति को बढ़ा सकती हैं और अनावश्यक चिंता का कारण बनती हैं।

जैसा कि पहले देखा गया है, नकारात्मक भावनाएँ किसी भी स्थिति में समस्या नहीं होती हैं। ये हमारे मन का एक स्वाभाविक हिस्सा हैं। इनका अनुभव करने से मानसिक दृढ़ता के विकास में अवरोध उत्पन्न नहीं होता है।

असली मुद्दा इन भावनाओं को नियंत्रित करने में असमर्थ होने से उत्पन्न होता है। जब हम इन पर अपना नियंत्रण खो देते हैं तो हम आसानी से नकारात्मकता में फँस जाते हैं। जितना ही हम अपने सतर्क संसाधनों को नकारात्मक भावनाओं के समक्ष समर्पित करते हैं, उतना ही हम मानसिक रूप से दृढ़ होने तथा चुनौती और कठिनाई का सामना करने में कम सक्षम होते हैं।

संक्षेप में, हम जीवन की कठिनाइयों का सामना करने में कम सक्षम होते हैं।

शत्रु 8 : संकीर्ण धारणाएँ

हम में से प्रत्येक व्यक्ति के पास ताकत और कमजोरियाँ हैं। हम में से प्रत्येक व्यक्ति के पास अपनी योग्यताओं के संबंध में कई धारणाएँ होती

हैं। ये धारणाएँ प्राय: वास्तविकता से अलग होती हैं। हम व्यक्तिगत कमियों का अनुमान लगाते हैं, जहाँ कोई मौजूद नहीं है। जब ऐसा होता है तो हमारी धारणाएँ लक्ष्यों के प्रति उद्देश्यपूर्ण कार्यों को करने की हमारी क्षमता में बाधा उत्पन्न करती हैं। संक्षेप में, वे हमें सीमित करती हैं।

उदाहरण के तौर पर, मान लीजिए कि आप एक अतिरिक्त व्यापार शुरू करने की बात सोच रहे हैं। निम्नलिखित कुछ सामान्य संकीर्ण धारणाएँ हैं—

- 'मैं व्यापार शुरू करने के लिए ज्यादा बुजुर्ग हूँ।'
- 'मुझे व्यापार चलाने का अनुभव नहीं है।'
- 'बिना अनुभव के मैं असफल हो जाऊँगा।'
- 'मेरे उत्पाद का विचार बेवकूफी भरा है। कोई भी इस उत्पाद को नहीं खरीदेगा।'

इन धारणाओं में एक गलत छवि बनती है। वे ऐसी चीजों को उजागर करती हैं, जो या तो असत्य हैं या आधारहीन। उदाहरण के तौर पर, आप कोई भी अतिरिक्त व्यापार शुरू करने के लिए बुजुर्ग नहीं हैं और लाखों लोगों ने सफलतापूर्वक बिना अनुभव के ऐसा किया है। इसके अतिरिक्त, यह जानने का कोई तरीका नहीं है कि क्या लोग आपके उत्पाद को पहली बार उन्हें भेंट किए बिना खरीद लेंगे ?

संकीर्ण धारणाओं की समस्या यह है कि हमारी शुरुआत करने से पहले वे उसमें बाधा डालते हैं। वे हमें समझाते हैं कि हम वह चीज हासिल करने के लिए तैयार नहीं हैं, जिसे हम पूरा करने की कोशिश कर रहे हैं। जब तक हम अपने बारे में इन असहनीय विचारों को दूर नहीं करते हैं, हम कठिनाई और संकट का सामना नहीं कर पाएँगे। इसके परिणामस्वरूप हमारी व्यक्तिगत वृद्धि अनुचित रूप से रुक जाएगी और हम अपनी क्षमता प्राप्त करने में असफल हो जाएँगे।

आगे का रास्ता

अब हमने कठिन परिस्थितियों का सामना करने और जब आप किसी

चीज को छोड़ने का प्रयत्न कर रहे हों तो आपके मस्तिष्क को प्रशिक्षित करने के लिए आवश्यक पृष्ठभूमि को कवर कर लिया है। **भाग 2 :** 'मानसिक दृढ़ता को विकसित करने के मुख्य कारक' में हम ऐसा करने के लिए चरणबद्ध तरीके से एक साथ इस प्रक्रिया में आगे बढ़ेंगे।

निष्पक्ष चेतावनी : यह एक लंबा व कठिन रास्ता हो सकता है। इसके लिए ऐसी युक्तियों एवं रणनीतियों के आत्मविश्लेषण, धैर्य और लगातार अनुप्रयोग की जरूरत होगी, जिसे आप निम्नलिखित पृष्ठों में सीखेंगे। लेकिन जब आप इस रास्ते के अंत तक पहुँचेंगे तो आपके पास असंख्य रूप में जीवन की कठिनाइयों का साहसपूर्वक सामना करने के लिए आवश्यक मानसिक दृढ़ता होगी।

अभ्यास-1

ऊपर वर्णित मानसिक दृढ़ता के आठ शत्रुओं की समीक्षा करें और विचार करें कि कौन आपके संज्ञानात्मक लचीलेपन के साथ तेजी से तबाही मचा रहा है। आप विशेष रूप से उनमें से एक के साथ संघर्ष कर सकते हैं, या शायद आप कई शत्रुओं से संघर्ष कर रहे हैं। जो भी मामला हो, उसे एक इंडेक्स कार्ड पर लिखें। उसके बाद उस इंडेक्स कार्ड को अपनी डेस्क पर रखें, जहाँ से वह आपको आसानी से दिखाई दे।

यह छोटी-सी कवायद आपको उन चुनौतियों के बारे में अति-जागरूक बनाती है, जिनसे आपको अपनी मानसिक दृढ़ता उत्पन्न करनी होगी।

आवश्यक समय : 5 मिनट

□

भाग 2

मानसिक दृढ़ता विकसित करने में निर्णायक कारक

इस भाग में हम मानसिक रूप से दृढ़ होने के लिए प्रशिक्षित होंगे। मैं उन व्यावहारिक रणनीतियों को साझा करूँगा, जिनका उपयोग आप अपनी भावनाओं को नियंत्रित करने, अपने संकल्प में सुधार करने और मनोवैज्ञानिक विकास को विकसित करने के लिए कर सकते हैं, जिसकी आपको किसी भी स्थिति को सँभालने में जरूरत पड़ सकती है। इस भाग में आप जिन टूल्स को प्राप्त करेंगे, उनसे आपकी दृढ़ता और धैर्य को बढ़ाने में मदद भी मिलेगी, जब परिस्थितियाँ आपको अपनी उम्मीदों से विचलित करती हैं।

यह केवल मानसिक सहन-शक्ति के बारे में नहीं है, न ही यह केवल दृढ़ता के बारे में है। यह आगे बढ़ने के लिए संज्ञानात्मक साहस को विकसित करने के बारे में है, जब चीजें आपकी योजनाओं के अनुसार चलने में असफल रहती हैं। इसके लिए साहस, आत्मविश्वास और मानसिक दृढ़ता की जरूरत होती है।

असफलता का सामना करना और चुनौतियों से निपटना तथा आत्मसंयम एवं दबाव में अनुग्रह करना प्रबुद्ध कौशल है।

यह भयानक खबर है! इसका अर्थ यह है कि जब तक कोई व्यक्ति वचनबद्ध है और समय से इसे करना चाहता है तथा अपने मस्तिष्क को प्रशिक्षित करने का प्रयास करता है, तो वह ऐसा कर सकता है। इसके परिणामस्वरूप

आप प्रत्येक अध्याय के अंत में एक अभ्यास पाएँगे। प्रत्येक अभ्यास को इस प्रकार से डिजाइन किया गया है कि आपने जो भी सीखा है, उसका प्रयोग करें। ये अभ्यास साधारण और आसान हैं। और सबसे महत्त्वपूर्ण यह है कि वे मानसिक रूप से दृढ़ होने के लिए महत्त्वपूर्ण नींव स्थापित करते हैं।

दूसरी पुस्तकों में ऐतिहासिक रूप से मानसिक दृढ़ता के पीछे के सिद्धांत और मनोविज्ञान के बारे में विस्तार से वर्णन किया गया है। हम यह चीज नहीं करने जा रहे हैं। इसके विपरीत हम व्यावहारिक अनुप्रयोग पर फोकस करने जा रहे हैं। मानसिक दृढ़ता आपके लिए तभी उपयोगी होगी, जब आप इसे अपने दैनिक अनुभव में प्रयोग करने में सक्षम होंगे।

क्या आप अपने आवेगों तथा अपने व्यवहारों को नियंत्रित करने और अपनी मानसिकता को समंजित करने के लिए तैयार हैं, ताकि आप सकारात्मक व उपयोगी ढंग से कठिनाई का सामना कर सकें ? क्या आप यह जानना चाहेंगे कि आपका मस्तिष्क कैसे प्रतिक्रिया करता है और कठिन परिस्थितियों के प्रति कैसे प्रतिक्रिया करता है ? यदि ऐसा है, तो आइए, काम शुरू करते हैं।

□

मानसिक दृढ़ता और भावनात्मक दक्षता

हम किस प्रकार चुनौतियों और बाधाओं का सामना करते हैं, इसमें हमारी भावनाएँ महत्त्वपूर्ण भूमिका निभाती हैं। जब हमारे आसपास की चीजें गड़बड़ हो रही हैं तो प्रभावी ढंग से काम करने की हमारी क्षमता इस बात से अत्यधिक जुड़ी है कि हम अपनी भावनाओं को कैसे नियंत्रित करते हैं?

यदि हम उनको नियंत्रित करने में अक्षम होते हैं तो हमारी दबाव के अधीन काम करने की क्षमता प्रभावित होती है। यदि हम नियंत्रण करने में सक्षम होते हैं तो गलतियों और संकट को सँभालना बहुत आसान हो जाता है।

इसे 'भावनात्मक प्रतिभा' कहा जाता है। यह अपनी भावनाओं को समझने और इस प्रकार से प्रबंधित करने की हमारी क्षमता है, जिससे हम प्रभावी ढंग से काम कर सकें। कठिनाई में अपने मन को दृढ़ करने के लिए अपनी भावनाओं को दबाने के बजाय हमें इसके विपरीत करने का लक्ष्य अपनाना चाहिए। हमें यह स्वीकार करने का प्रयास करना चाहिए कि हम कैसा अनुभव करते हैं, जब हम चुनौतियों का सामना करते हैं; ताकि हम अपने भय को नियंत्रित करना, अपने तनाव को प्रबंधित करना और उद्देश्य एवं निश्चय के साथ प्रतिक्रिया करना सीख सकें।

आत्म-जागरूकता का मूल्य

हमें यह जानना जरूरी है कि मानसिक रूप से मजबूत बनने के लिए हम क्या महसूस करते हैं? हमें अपने विचारों, धारणाओं और प्रतिबद्धताओं

से वास्तव में अवगत होना जरूरी है। हमें अपने मूल्यों को स्पष्ट करना जरूरी है, ताकि हमारी प्रतिकूल परिस्थितियों के प्रति प्रतिक्रियाएँ उद्‌देश्यपूर्ण हों।

मानसिक रूप से दृढ़ होने के लिए यह जरूरी नहीं है कि हम अपने आप को अपनी भावनाओं से अलग कर लें। इसके विपरीत, हमें उन्हें गले लगाना चाहिए। यह उन्हें सही मायने में नियंत्रित करने का एकमात्र तरीका है। जब चीजें गलत हो रही हों, तब अपने भय, निराशा तथा अन्य नकारात्मक भावनाओं को स्वीकार करते हुए हम उनका मूल्यांकन करने, उनकी सच्चाई को निश्चित करने और अवास्तविक चीजों को नियंत्रित करने में सक्षम होते हैं।

अपनी आत्म-जागरूकता को बढ़ाना भावनात्मक नियंत्रण को हासिल करने के प्रति पहला कदम है।

हमदर्दी की भूमिका

हमदर्दी को प्रायः 'अच्छा होने' के रूप में गलत अर्थ निकाला जाता है और अत्यंत सरल बताया जाता है। लेकिन यह सिर्फ विनम्र होने या अच्छा श्रोता होने के बारे में ही नहीं है। इसमें और अधिक चीजें भी मौजूद हैं। हमदर्द होने का आशय स्वयं को दूसरों की जगह पर रखना और उनकी परिस्थितियों में उनकी भावनाओं को समझना है। आप उस क्षण उनके विचारों और भावनाओं को समझने में सक्षम हो जाते हैं।

हालाँकि हमदर्दी में दूसरों को समझने पर ध्यान दिया जाता है, यह अपनी मानसिक दृढ़ता को उत्पन्न करने का एक आवश्यक कौशल है। हम दूसरों के द्वारा अनुभव की गई असंख्य स्थितियों में अनोखी अंतर्दृष्टि प्राप्त करते हैं। हम ऐसी परिस्थितियों के बारे में स्पष्ट समझ प्राप्त करते हैं, जिनका प्रयोग हम तब कर सकते हैं, जब हम स्वयं उन परिस्थितियों का सामना करते हैं। हम दूसरों के प्रति जितना अधिक हमदर्दी रखते हैं, उतना ही कम हमें उनकी परिस्थितियों के बारे में असूचित अनुमान लगाना पड़ता है।

हमदर्द होते हुए हम ईमानदारी से निम्नलिखित प्रश्नों के उत्तर दे सकते हैं—

- 'इस प्रकार की स्थिति में मैं कौन सी भावनाओं को महसूस करूँगा?'
- 'इन भावनाओं के प्रति हम कैसे प्रतिक्रिया करेंगे?'
- 'क्या मेरी योग्यताओं, कौशल और ज्ञान में यह एक उचित प्रतिक्रिया है?'
- 'इन परिस्थितियों का सामना करते समय मैं किस प्रकार का व्यक्ति बनना चाहता हूँ?'

हमदर्दी हमें दूसरों के साथ जुड़ने का मौका देती है। इस प्रक्रिया में जटिलताओं एवं निराशा का सामना करते समय हम अपने बारे में और अधिक जानने तथा सचमुच अपने खुद की मनोदशा का परीक्षण करने में सक्षम हो जाते हैं।

भावनात्मक नियंत्रण क्यों महत्त्वपूर्ण है

भावनात्मक नियंत्रण को प्रायः किसी की भावनाओं को दबाने के आशय में अकसर गलत समझा जाता है। लेकिन यह धारणा गलत है। भावनात्मक नियंत्रण अपनी भावनाओं को पहचानने, यह समझने कि हम उसका क्यों अनुभव कर रहे हैं और स्वस्थ ढंग से उन्हें प्रबंधित करने की जरूरत पर जोर देता है।

जैसा कि ऊपर उल्लेख किया गया है, हम खुद को अपनी भावनाओं से अलग नहीं करना चाहते हैं। इससे मानसिक दृढ़ता को बढ़ावा नहीं मिलता है। लंबे समय के बाद इससे अलग होने से केवल हम और अधिक चिंतित व निराश हो जाएँगे।

अपनी भावनाओं को नियंत्रित करना, अर्थात् भावनात्मक नियंत्रण पर जोर देने से हमें उन्हें स्वीकार करने, उनका सामना करने, उन्हें छाँटने और यह निर्णय लेने कि हम जो अनुभव कर रहे हैं, वह हमारी परिस्थितियों के लिए ठीक है या नहीं, का अवसर प्राप्त होता है।

उदाहरण के तौर पर, आपने स्कूल में परीक्षा दी है और आपको खराब

श्रेणी प्राप्त हुई है। आपको अपने आप पर यह सोचकर घृणा हो रही है कि आप बहुत ही मूर्ख और बेहतर करने में अक्षम हैं। ये नकारात्मक भावनाएँ और बहुत अधिक गंभीर धारणाएँ भविष्य में आपके अच्छा करने की योग्यता को नष्ट कर देंगी। भावनात्मक नियंत्रण करने से आप ईमानदारीपूर्वक इन भावनाओं एवं अनुमानों की खोज करने लगेंगे और यह निर्धारित करने लगेंगे कि वे सही हैं या नहीं (स्पाइलर : वे शायद ही सही हों)। इससे आपको वास्तविकता के साथ अपनी योग्यताओं के बारे में समझ बनाने का अवसर मिलता है।

हम स्वयं को कैसे समझते हैं और अपनी परिस्थितियों की परवाह किए बिना काम करने की योग्यता से मानसिक दृढ़ता कैसे सीधे जुड़ी होती है। वे भावनाएँ, जो संकट, निराशा और चिंता से उत्पन्न होती हैं, वे हमें बाधित करती हैं। वे हमें धीमा कर देती हैं और यहाँ तक कि जब चीजें गलत हो रही होती हैं तो वे हमें अपने इरादों को छोड़ने के लिए मजबूर कर देती हैं। इससे भावना प्रबंधन एक आवश्यक कौशल बन जाता है।

अपनी भावनाओं को कैसे नियंत्रित करें

भावनात्मक नियंत्रण प्राप्त करने में समय लगता है। हम में से कई पूरी जिंदगी अपनी भावनाओं से गंभीरतापूर्वक प्रभावित होते रहते हैं, यहाँ तक कि वे लोग भी प्रभावित होते हैं, जिन्होंने अनुचित ढंग से अपनी योग्यताओं को छोड़ दिया है। अतः इन्हें प्रबंधित करना सीखने में समय लगेगा। आगे कुछ युक्तियाँ दी गई हैं, जिनका प्रयोग मैं करता हूँ। आप देख सकते हैं कि ये युक्तियाँ आपके भी काम आएँगी।

- अपनी सकारात्मक व नकारात्मक दोनों भावनाओं पर विचार करें। उन्हें स्वीकार करें।
- नकारात्मक भावनाओं की छानबीन करें, जब वे आपके पास आती हैं। स्वयं से पूछें, 'क्या ये भावनाएँ उचित हैं?' यदि नहीं, तो इस बात पर विचार करें कि कैसे ये भावनाएँ आपके लिए बाधक हैं?

- रोज पाँच मिनट तक चिंतन करें। बिना निर्णय किए अपनी भावनाओं का अवलोकन करें। सुबह का समय सबसे अच्छा होता है; लेकिन आप किसी भी समय इसे कर सकते हैं।
- अपने अंदर के आलोचक का सामना करें, जब भी वह 'बोलता' है। यह निश्चय करने के लिए इसके वादों की जाँच करें कि क्या वे सही हैं ?
- उन परिस्थितियों की पहचान करें, जब आप प्रभावित हो सकते हैं और जब आप प्रभावित नहीं हो सकते हैं। बाद वाली स्थिति में अपनी निराशा को छोड़ने के आदी हो जाएँ।
- कार्य करें, जबकि आप इसके परिणाम के प्रति अनिश्चित हों। इससे आपका मन सक्रिय होने के लिए प्रशिक्षित होगा।
- अच्छी नींद लेने, अच्छा खाना खाने और व्यायाम करने का प्रयास करें। हमारा शारीरिक स्वास्थ्य हमारे भावनात्मक स्वास्थ्य को प्रभावित करता है।

स्वयं के प्रति धैर्यवान् बनें। कोई भी व्यक्ति एक दिन में भावनात्मक नियंत्रण नहीं प्राप्त कर सकता है। अच्छी खबर यह है कि यदि आप रोजाना कार्य करते हैं तो आप अंततः कठिन परिस्थितियों में अपनी भावनाओं को प्रबंधित करने में सक्षम हो जाएँगे।

अभ्यास-2

जब चीजें गलत हो रही होती हैं तो आप जिन नकारात्मक भावनाओं का अनुभव करते हैं, उनकी एक सूची बनाएँ, चाहे वह क्रोध ही हो। शायद यह निराशा हो या शायद आप दोषी, उदासीन या शर्मिंदा महसूस कर रहे हों। जो भी मामला हो, उसे लिखें।

अब आपने अपनी सूची में जिन भावनाओं को शामिल किया है, उनमें से प्रत्येक भावना के बारे में ध्यान से सोचें। प्रत्येक भावना के सामने संक्षेप में

लिखें, जिसमें यह बताया गया हो कि कैसे यह आपके व्यवहार को प्रभावित करता है। उदाहरण के तौर पर, क्रोधित महसूस करने से हो सकता है कि आप दूसरों पर चीखें-चिल्लाएँ। शर्मिंदा महसूस होने से हो सकता है कि आप मानसिक रूप से पीछे हट जाएँ, जिससे कार्य करने की आपकी क्षमता प्रभावित होती है।

अंत में प्रत्येक नकारात्मक भावना के सामने एक संक्षिप्त नोट लिखें, जिसमें आप बताएँ कि आप भविष्य में कैसे इसके प्रति प्रतिक्रिया करेंगे। उदाहरण के तौर पर, यदि आप क्रोधित महसूस करते हैं तो आप पाँच बार गहरी साँस लेने का वादा कर सकते हैं। यदि आप शर्मिंदा महसूस करते हैं तो आप इसका कारण जानने और यह निश्चय करने कि क्या यह उचित है, की प्रतिज्ञा कर सकते हैं।

आवश्यक समय : 15 मिनट

□

मानसिक दृढ़ता और मानसिक क्षमता

जैसा कि हमने पहले उल्लेख किया है, 'मानसिक दृढ़ता' और 'लचीलेपन' का प्रयोग अकसर एक-दूसरे के पर्याय के रूप में किया जाता है। कई लोग इसका इस प्रकार प्रयोग करते हैं, जैसे इनका आशय एक ही हो।

वास्तव में ये दोनों विशेषताएँ एक-दूसरे से अलग हैं। दोनों में सूक्ष्म अंतर है, लेकिन यह महत्त्वपूर्ण है।

यह जरूरी है कि हम 'मानसिक दृढ़ता' और 'लचीलेपन' के बीच के अंतर को समझें, जब हम अपने मन को नया रूप देने का प्रयास करते हैं और प्रतिकूलता के प्रति अपनी स्वाभाविक प्रतिक्रियाओं को अनुकूल बनाते हैं। हम दोनों विशेषताओं का आगे सूक्ष्म अवलोकन करेंगे। हम यह देखेंगे कि कैसे वे एक-दूसरे से अलग हैं और यह अंतर कैसे हमारे प्रशिक्षण को प्रभावित करता है।

उसके बाद हम अपने कार्यक्षेत्र को व्यापक बनाएँगे। हम यह पता लगाएँगे कि कैसे हम अपनी परिस्थितियों में ढालने के लिए इन विशेषताओं का प्रयोग कर सकते हैं। हम यह भी चर्चा करेंगे कि कैसे हम अपनी असफलता की समझ को बदल सकते हैं, ताकि हम इससे हतोत्साहित या प्रभावित न हों।

मानसिक दृढ़ता बनाम मानसिक लचीलापन

इन दोनों में सूक्ष्म अंतर है। इन दोनों के बीच गहरा संबंध है और इसलिए जो लोग अनजाने में इन्हें स्वीकार करते हैं, उन्हें ऐसा करने के लिए आसानी

से माफ किया जा सकता है। यह कहा जाता है कि यह जानना जरूरी है कि 'मानसिक दृढ़ता' और 'लचीलेपन' को एक-दूसरे के पर्याय के रूप में प्रयोग करना क्यों गलत है ? इस प्रकार से इनका प्रयोग करने से उनका अंतर अस्पष्ट हो जाता है और इनके अंतर को समझना मुश्किल हो जाता है।

लचीलापन अप्रत्याशित कठिनाइयों से उबरने की योग्यता है। यह स्वयं को परिस्थितियों में ढालने की योग्यता है। उदाहरण के तौर पर, मान लीजिए कि आप अपने घर से सामान्य स्थिति में काम पर जाने के लिए निकलते हैं। दुर्भाग्य से रास्ते में आपको अप्रत्याशित रूप से भारी यातायात का सामना करना पड़ता है। इस बाधा की वजह से आप निश्चित रूप से सुबह में निर्धारित मीटिंग में देर से पहुँचेंगे।

लचीला व्यक्ति शुरू में विचलित हो सकता है, लेकिन वह स्वयं को इस परिस्थिति में ढाल लेता है। वह अपने कार्यस्थल पर पहुँचने के लिए अपने फ़ोन के जी.पी.एस. फीचर का इस्तेमाल करते हुए दूसरा रास्ता खोज सकता है, या वह अपने ऑफिस में क़ॉल कर सकता है और मीटिंग का समय टाल सकता है, अथवा वह विलंब से आने का स्पष्टीकरण लिख सकता है, जिससे वह दूसरों की अस्वीकृति से बच सके।

मानसिक दृढ़ता व्यक्ति की सोचने की एक प्रक्रिया है। यह न केवल अप्रत्याशित कठिनाइयों से उबरने की हमारी योग्यता को प्रदर्शित करती है, बल्कि अनुभव के दौरान सकारात्मक दृष्टिकोण को भी दरशाती है।

यह केवल तनावपूर्ण स्थितियों को सँभालने की योग्यता ही नहीं है, यह भी दरशाती है कि हम इसे कैसे सँभालते हैं।

उदाहरण के तौर पर, अप्रत्याशित भारी यातायात में फँसा हुआ एक मानसिक रूप से दृढ़ व्यक्ति एक प्रेरणादायक ऑडियो बुक सुनने का अवसर प्राप्त कर सकता है। वास्तव में वह इस परिस्थिति से खुश हो सकता है, क्योंकि इससे उसे अवसर प्राप्त होता है।

जबकि लचीला व्यक्ति अप्रत्याशित बाधाओं को बिना इच्छा के ग्रहण करेगा, मानसिक रूप से दृढ़ व्यक्ति इस प्रकार की बाधाओं का अनुभव करने

के लिए हमेशा तैयार रहता है। वे इससे बचना चाहते हैं; लेकिन वे महसूस करते हैं कि बाधाएँ अनिवार्य हैं और अंततः समस्याओं से क्रोधित होने के बजाय उनसे निपटने के लिए इसे चुनौती के रूप में स्वीकार करते हैं।

मानसिकता में इस अंतर को महसूस करना जरूरी है। मानसिक लचीलापन विपत्ति का सामना करने का एक उपयोगी साधन है। जब हम कठिनाइयों का सामना करते हैं, तब यह हमें आगे बढ़ने का संज्ञानात्मक धैर्य प्रदान करता है। मानसिक दृढ़ता एक अवसर के रूप में कठिनाइयों को समझने का मौका देती है। यह हमें आत्मविश्वास और मन की उपस्थिति प्रदान करती है, जिसकी हमें इन अवसरों को अपने लाभ के लिए इस्तेमाल करने हेतु जरूरत होती है।

विनाशकारी सोच कैसे हमारी अनुकूलन क्षमता को बाधित करती है

विनाशकारी सोच की आदत डालना आसान है। यदि हम उन चुनौतियों के लिए मनोवैज्ञानिक रूप से तैयार होने में असफल रहते हैं, जिनका हमें निश्चित रूप से प्रत्येक दिन सामना करना होता है, तो हमारा मन धीरे-धीरे प्रत्येक बाधा को सत्य की अपेक्षा अधिक परिणामी समझने लगेगा। हम बाधाओं को, उनके प्रभाव एवं गंभीरता की परवाह किए बिना, एक सच्चे संकट के रूप में देखना शुरू कर देंगे।

उदाहरण के तौर पर, मान लीजिए कि आप अपने एक दोस्त से मिलने जा रहे हैं। आप इस विश्वास से फ्लाइट पकड़ते हैं कि आप अपने गंतव्य तक पहले से निर्धारित समय से पहुँच जाएँगे। उड़ान के दौरान हवाई जहाज का पायलट यात्रियों को सूचित करता है कि उसे खराब मौसम के कारण लंबे रास्ते से जाना पड़ेगा। रास्ता बदलने से निश्चित रूप से आप अपने गंतव्य तक देर से पहुँचेंगे।

ऐसा व्यक्ति, जिसके अंदर मानसिक दृढ़ता की कमी है, वह इस अप्रत्याशित देरी से विचलित हो सकता है। वह सहज रूप से अपने दोस्त से संपर्क करने में असमर्थ होने की कल्पना कर सकता है, जिसने उसे

उसके गंतव्य पर मिलने का वादा किया है। वह सोच सकता है कि वह अंत में फ्लाइट के लैंड करने के बाद घंटों सड़क पर अटक सकता है। वह अपने मन में अपने दोस्त के घर पर पहुँचने के अपेक्षित समय के घंटों बाद पहुँचने की तसवीर बना सकता है, जो उस समय गहरी नींद ले रहा हो सकता है।

यह बेचारा भयानक सोच में डूबा हुआ है। मानसिक रूप से मजबूत होने के लिए हमें इस प्रवृत्ति के प्रति अपने मन को सुरक्षित करना जरूरी है।

जब हमारा मन सबसे खराब परिदृश्य को देख रहा हो तो हमें तुरंत 'पीछे हटना' चाहिए, अन्यथा हमें अकारण ही कल्पित परिणामों में लिप्त विनाशकारी सोच में बहकने का खतरा रहता है। यह मनोदशा कठिनाइयों से उबरने और उद्देश्यपूर्ण व आश्वस्त काररवाई तथा सकारात्मक दृष्टिकोण के साथ अनुकूलन करने की हमारी क्षमता की पूरी तरह से विरोधी है।

आप कैसे असफलता को बदल सकते हैं

कोई भी व्यक्ति असफलता की उम्मीद नहीं करता है। कुल मिलाकर असफलता हमारी दुर्नियोजित अपेक्षाओं या अपर्याप्त कौशल का साक्ष्य है।

यह प्रायः दोनों चीजों का साक्ष्य होता है और यह असफलता को निश्चित रूप से अप्रिय बनाता है।

यह कहा गया है कि हम यह चुन सकते हैं कि हम अपनी असफलता को किस नजर से देखते हैं! अधिकांश लोग इससे कुढ़ते हैं और शर्मिंदा होते हैं। वे अपनी असफलताओं को छिपाने की कोशिश करते हैं, ताकि दूसरे लोगों को यह पता न चले। वे अपनी असफलताओं को इस तरह से व्यक्त करते हैं, ताकि वे आलोचना से बच सकें। यहाँ तक कि वे अन्य लोगों पर उँगली उठाकर अपने दोष को दूसरों पर थोपते हुए जिम्मेदारी से जी चुराने की कोशिश करते हैं।

असफलता के प्रति ये प्रतिक्रियाएँ अहंकार से उत्पन्न होती हैं, क्योंकि कुछ हासिल करने में असफल होने का अर्थ यह है कि हम अपनी अपेक्षा

से कम हैं, हम अपनी सफलता की कमी को बेझिझक बताने से बचते हैं। अकसर ये विवरण दोष-युक्त हैं, हम इस तथ्य को छिपाने के लिए जल्दबाजी में सहज ज्ञान से इसे तर्क-युक्त बनाने का प्रयास करते हैं कि हमारे अंदर कोई कमी रह गई थी।

मानसिक रूप से दृढ़ होने के लिए हमें अपनी असफलता की समझ को बदलना जरूरी है। इससे डरने, इसे छिपाने और दूसरों पर दोष मढ़ने के बजाय हमें इसे स्वीकार करना चाहिए। असफलता कभी भी सुखद नहीं होती है; लेकिन हम अपने आप को इसे उसी तरह से स्वीकार करने के लिए प्रशिक्षित कर सकते हैं, जैसे हम सफलता को स्वीकार करते हैं।

असफलता व सफलता दोनों सिर्फ हमारे निर्णयों और कार्यों के परिणाम होते हैं। असफलता को 'बुरा' और सफलता को 'अच्छा' समझने के बजाय हमें दोनों को फीडबैक के रूप में स्वीकार करना चाहिए। ऐसा करके हम ज्यादा आसानी से इस बात की पहचान कर सकते हैं कि हमारे निर्णय और कार्य कैसे हमारे परिणामों से जुड़े हैं। इससे हमें अपनी अपेक्षाओं को समंजित करने और अपने कौशल एवं निर्णय लेने की क्षमता में मौजूद कमियों की पहचान करने का एक अवसर मिलता है, ताकि हम भविष्य में बेहतर परिणाम उत्पन्न कर सकें।

असफलता को फीडबैक समझने और उद्देश्यपूर्ण तरीके से इसकी प्रतिक्रिया करने से हमें अपनी योग्यताओं के बारे में और अधिक आत्मविश्वास प्राप्त होता है।

जैसे ही हम ज्यादा विश्वस्त हो जाते हैं, हम वास्तविक रूप से अप्रत्याशित कठिनाइयों से कम चिंतित होने लगते हैं। हम सहज ज्ञान से जानते हैं कि हम किसी भी चुनौती का सामना कर सकते हैं और यहाँ तक कि उसे हरा भी सकते हैं। इस जागरूकता से हमें मानसिक दृढ़ता विकसित करने के लिए सिर्फ मानसिक लचीलेपन से और अधिक करने तथा जीवन की अपरिहार्य कठिनाइयों के प्रति ग्रहणशील होने की ताकत मिलती है।

अभ्यास-3

पाँच हालिया असफलताओं को सूचीबद्ध करें। उनकी शानदार योजना बड़ी या छोटी, परिणामी या महत्त्वहीन हो सकती है। इसमें सभी उपयुक्त विवरण शामिल करें।

आगे बताएँ कि आपने कैसे प्रत्येक मामले में प्रतिक्रिया की? क्या आप आत्म-अभियोग में ही फँसे रहे? क्या आपने स्वयं को अपर्याप्त प्रदर्शन या पथभ्रष्ट निर्णय के लिए कोसा?

अंत में लिखें कि कैसे आपने प्रत्येक मामले में सकारात्मक ढंग से प्रतिक्रिया की होगी? उदाहरण के लिए, मान लें कि आप अपने बॉस को समय से एक महत्त्वपूर्ण रिपोर्ट देने में असफल रहे। अपनी समय सीमा पूरी न कर पाने की जिम्मेदारी स्वीकार करने, अपने कार्यभार की समीक्षा करने और अपने समय को बेहतर तरीके से प्रबंधित करने के लिए सकारात्मक प्रतिक्रिया हो सकती है। प्रत्येक पाँच हालिया असफलताओं के लिए ऐसा करें।

जब आप इस अभ्यास को पूरा कर लेते हैं तो आप पाएँगे कि कैसे असफलता से निपटने के तरीके में आपके द्वारा किए गए कुछ मूलभूत बदलाव आपके आत्मविश्वास को बढ़ा सकते हैं और आपके परिणाम में सुधार कर सकते हैं! इस अभ्यास से यह प्रकट होता है कि असफलताएँ आपकी प्रदर्शन करने की क्षमता पर अंतिम निर्णय लेने के बजाय सिर्फ फीडबैक हैं।

आवश्यक समय : 15 मिनट

□

प्रतिकूलताओं के समक्ष मानसिक दृढ़ता

कठिनाई जीवन का एक हिस्सा है। आपने निस्संदेह ऐसे समय का अनुभव किया होगा, जब सबकुछ इस हद तक गलत हो गया हो कि भाग्य कठोर हो जाए।

यह उचित नहीं है। यह अप्रिय है और यह लगभग हमेशा अप्रत्याशित होता है। इस कठिन समय में आपकी मनोवैज्ञानिक तैयारी, भावनात्मक लचीलापन, आवेग नियंत्रण और दबाव के अधीन अनुग्रह की सही मायने में परीक्षा होती है।

हम सभी इस चुनौती से गुजरते हैं। हम सभी इससे फिर से गुजरने की उम्मीद कर सकते हैं। जीवन इसी तरह चलता है।

अच्छी खबर यह है कि प्रतिकूलता हमें मजबूत बनाती है। हमारा मानसिक लचीलापन ठीक उसी प्रकार मजबूत बनता है, जैसे टेंपरिंग स्टील को बहुत ज्यादा ऊष्मा प्रदान करने से उसकी मिश्र धातु कठोर हो जाती है। लेकिन इस श्रमसाध्य और हताशा-युक्त प्रक्रिया का पूरा लाभ उठाने के लिए हमें प्रतिकूलता का आत्मविश्वास, साहस और आत्मसंयम से स्वागत करना जरूरी है।

यह इच्छा-शक्ति के बारे में नहीं है। इच्छा-शक्ति गंभीर रूप से सीमित संसाधन है। जब कठिन समय होता है तो इस पर भरोसा करते हुए जल्दी से इसका प्रयोग किया जाता है। इसके बजाय यह चरित्र के बारे में है। मानसिक दृढ़ता के लिए आवश्यक है कि हम लगातार अपने प्रति वफादार

बने रहें, अपनी वचनबद्धताओं एवं धारणाओं के बारे में स्पष्ट रहें और कठिन परिस्थितियों का सामना सकारात्मक मानसिकता से करने के लिए तत्पर रहें।

सिसु की फिनिश अवधारणा

'सिसु' एक फिनिश शब्द है। यह कठिनाई के समय में फिनलैंड के लोगों द्वारा अपनाए जानेवाले एक विशेष दृष्टिकोण का प्रतीक है। इसका अंग्रेजी में कोई सीधा शब्द नहीं है; लेकिन 'सिसु' को मोटे तौर पर किसी असफलता के समक्ष घोर साहस के रूप में वर्णित किया जाता है।

यह फिनिश लोगों के बारे में एक जोशपूर्ण कहानी है, जिसमें पूर्ण रूप से मन के इस प्रशंसनीय ढाँचे का वर्णन किया गया है। वर्ष 1939 के अंत में रूसी सेना फिनलैंड पर विजय प्राप्त करने वाली थी। सोवियत संघ और फिनलैंड के बीच बातचीत असफल हो गई थी, जिस कारण युद्ध होने ही वाला था।

किसी को उम्मीद नहीं थी कि फिनिश लोग ज्यादा दिनों तक युद्ध कर पाएँगे। सोवियत सेना की संख्या फिनलैंड की सेना की अपेक्षा बहुत अधिक थी। सोवियत सेना ने अपनी सेना तीन गुनी होने का दावा किया। इसके अलावा, जबकि फिनिश लोगों के पास 32 टैंक थे, सोवियत सेना के पास हजारों टैंक थे। इससे भी बदतर स्थिति यह थी कि फिनिश लोगों के पास केवल 114 एयरक्राफ्ट ही थे, जबकि रूसी सेना के पास लगभग 4,000 एयरक्राफ्ट थे।

यह कहना कि स्थितियाँ फिनिश लोगों के विपरीत नहीं थीं, कम-बयानी होगी। वास्तव में परिस्थितियाँ इतनी एकतरफा थीं कि रूसी नेता, जिसमें निकिता ख्रुश्चेव शामिल थीं, सुकून में थे कि एक ही बार की गोलाबारी में फिनिश लोग आत्मसमर्पण करने के लिए मजबूर हो जाएँगे।

लेकिन जैसा कि इतिहास दरशाता है, ऐसा कुछ भी नहीं हुआ। फिनिश लोगों ने तैयारी शुरू कर दी। पुराने हथियारों और सीमित संसाधनों (बारूद व ईंधन आदि) से सुसज्जित होकर उन्होंने सफलता की उम्मीद न करते हुए

इस क्रूर और खूनी युद्ध के लिए स्वयं को तैयार किया। उनकी दृढ़ता और बहादुरी ने 'सिसु' की फिनिश धारणा का खुलासा किया। लगभग निश्चित असफलता और मृत्यु के समक्ष फिनिश सैनिक युद्ध के मैदान में डटे रहे। उन्होंने आत्मसमर्पण करने से मना कर दिया।

'शीत युद्ध' सोवियत संघ के अनुमान के विपरीत चला। तीन महीने तक युद्ध करते हुए फिनिश लोगों के 70,000 सैनिक हताहत हुए; जबकि यह आश्चर्य की बात है कि सोवियत सेना के 4,00,000 सैनिक हताहत हो गए। अंत में फिनिश सरकार को सोवियत संघ द्वारा प्रस्तावित शर्तों को मजबूरन स्वीकार करना पड़ा। उनके हथियार घिस गए थे। उनके गोला-बारूद खत्म हो गए थे और लगभग 70,000 सैनिकों का हताहत होना उस छोटे से देश की सेना के लिए बहुत बड़ा नुकसान था।

लेकिन फिनलैंड के लोगों ने मानसिक दृढ़ता के एक आश्चर्यजनक स्तर का प्रदर्शन किया, जिसने सभी को चौंका दिया। सन् 1940 में पूरे लंदन में प्रसारित एक भाषण में विंस्टन चर्चिल ने कहा, "केवल फिनलैंड ही विपत्ति के समय में भी शानदार तरीके से दिखाता है कि स्वतंत्र लोग क्या कर सकते हैं। फिनलैंड द्वारा मानव जाति को प्रदान की गई सेवा बहुत ही शानदार है।"

विपरीत परिस्थितियों का सामना करते हुए 'सिसु' को गले कैसे लगाएँ

हालाँकि हम में से कुछ लोगों को कभी शीत युद्ध के दौरान फिनिश सैनिकों द्वारा प्रदर्शित दृढ़ता, धैर्य और साहस के स्तर का प्रदर्शन करने की आवश्यकता पड़ेगी तो हम उस समय उनके उदाहरण से लाभ उठा सकते हैं। हम समान दृष्टिकोण के साथ जीवन की अपरिहार्य कठिनाइयों का सामना कर सकते हैं। हम अपने सामने आनेवाली चुनौतियों को स्वीकार कर सकते हैं, उनसे निपटने के लिए खुद को तैयार कर सकते हैं और उन्हें मात देने के लिए प्रतिबद्ध हो सकते हैं। साथ ही हम ढेरों विपत्तियों से घिरे होने पर भी साहस व सकारात्मकता बनाए रख सकते हैं।

'सिसु' की फिनिश अवधारणा के साथ निम्नलिखित कुछ युक्तियाँ उपयुक्त हैं—

पहले, अपनी परिस्थितियों को अपने ऊपर हावी नहीं होने दें। वास्तव में, करने की अपेक्षा कहना आसान होता है। उदाहरण के लिए, कुछ परिस्थितियाँ, कैंसर का निदान—इतनी निराशाजनक और धूमिल हैं कि शुरुआत में अभिभूत होने से बचना लगभग असंभव होता है। लेकिन अगर आप अपने मन पर पुनः नियंत्रण कर सकते हैं, जब आप अत्यधिक दबाव महसूस करते हैं, तो आप अपने रास्ते में खड़ी बाधाओं को दूर करने में सक्षम होंगे।

दूसरे, कार्य करने की प्रतिबद्धता है। वास्तव में अपनी परिस्थितियों के प्रति प्रतिक्रिया करने से पहले उसे समझना जरूरी है। इसके लिए विचार करने और अवलोकन करने की जरूरत है; लेकिन अंततः आपको कार्य करना जरूरी है। हालाँकि जीवन अप्रत्याशित है और आपके कार्यों एवं निर्णयों के परिणाम अनिश्चित हैं, आपको काम की एक मानसिकता अपनानी जरूरी है। यह मानसिकता साहस बढ़ाती है, आपको अपनी सीमाओं से पंगु हुए बिना चुनौतियों का सामना करने में सक्षम बनाती है।

तीसरे, रोजाना भावनात्मक लचीलेपन का अभ्यास करें। हम रोजाना छोटी-छोटी असफलताओं से घिरे होते हैं। व्यक्तिगत रूप से कोई भी चीज ज़ीवन को बदल नहीं सकती है। उदाहरण के तौर पर, हम केवल यह पता लगाने के लिए स्थानीय स्टारबक्स पर जा सकते हैं कि वे हमारे पसंदीदा पेय पदार्थ पेश करने में समर्थ हैं या नहीं, अथवा हम हवाई अड्डा जाते समय रास्ते में अप्रत्याशित रूप से ट्रैफिक जाम में फँस सकते हैं, अथवा हम खरीदारी करते समय अपना बटुआ खो सकते हैं। इन चुनौतियों के प्रति हमारी प्रतिक्रियाएँ, चाहे वे स्वास्थ्यकर हों या अस्वास्थ्यकर, हमारे मन को प्रशिक्षित करती हैं। जब हम दुर्भाग्य का अनुभव करते हैं तो उस समय यदि हम भावनात्मक लचीलेपन का अभ्यास करते हैं तो हम अपने दृढ़ निश्चय और अटलता को मजबूत करेंगे।

चौथा, समस्याओं के बारे में पहले से ही विचार कर लेना है। इससे न

केवल हमें उनके लिए तैयार होने का अवसर मिल जाता है, बल्कि इससे हमें उनका सामना आत्मविश्वासपूर्वक अपनी क्षमता से करने में मदद मिलती है। कल्पना करें कि आप सन् 1939 में फिनिश सेना में एक सैनिक हैं। युद्ध छिड़ने ही वाला है। मौसम बहुत ही खराब (-40 डिग्री सेंटीग्रेड) है। आपके संसाधन सीमित हैं और आपके शत्रु सैनिकों की संख्या अविश्वसनीय रूप से बहुत अधिक है। इन कठिनाइयों और इससे जुड़े नुकसान को ध्यान में रखते हुए आप अपनी प्रतिकूलताओं में सुधार करने के लिए उद्देश्यपूर्ण व विश्वासपूर्ण कार्य कर सकते हैं।

आइए, संक्षेप में वर्णन करें

'सिसु' मानसिकता को अपनाने का यह कतई आशय नहीं है कि अपनी कमजोरियों को नकार दिया जाए, न ही अदम्य बाधाओं का सामना करते समय यह गलत तरीके से दिखावा करता है; बल्कि एक 'सिसु' मानसिकता आपकी परिस्थितियों को पहचानने, आपके विकल्पों का मूल्यांकन करने और आपके वांछित परिणाम प्राप्त करने की दिशा में निर्धारित कार्य करने का आह्वान करती है। यह एक स्वीकृति है कि चीजें आपके पक्ष में काम नहीं कर रही हैं; लेकिन इस तथ्य के बावजूद आप में आगे बढ़ने की प्रतिबद्धता है।

अभ्यास-4

लिखें कि आप सामान्य रूप से अप्रत्याशित समस्याओं पर कैसे प्रतिक्रिया देते हैं? क्या आप आत्म-सहानुभूति (जैसे कि 'हमेशा मेरे साथ ऐसा क्यों होता है?') में डूबे हुए हैं? क्या आपके भीतर का आलोचक आपको हार मानने के लिए कहता है? क्या आप वर्तमान मुद्दों से बचने या उपेक्षा करने के लिए मजबूर महसूस करते हैं? क्या अनिश्चितता और असफलता के भय के कारण आप कार्य करने में टाल-मटोल करते हैं? क्या आप तुरंत निराश और क्रोधित महसूस करते हैं कि जीवन अनुचित है?

या क्या आप सहज रूप से आस्तीन ऊपर करते हैं और कठिनाइयों का सामना करने के लिए मनोवैज्ञानिक रूप से तैयार होते हैं?

इस अभ्यास से प्रतिकूलता के प्रति वर्तमान मनोदशा प्रकट होगी। इसको ध्यान में रखते हुए इस बात में कोई संकोच नहीं है कि आप आज बाधाओं का किस प्रकार सामना कर रहे हैं। कुल मिलाकर इस एक्शन गाइड का लक्ष्य अपनी प्रतिक्रियाओं और व्यवहारों को धीरे-धीरे बदलना है, जब हमारा जीवन कठिनाइयों से गुजर रहा हो। जैसी कि हमने चर्चा की, यह एक लंबा मार्ग है। इस अभ्यास का उद्देश्य सिर्फ वर्तमान में आपकी मानसिकता को दृढ़ करना है।

आवश्यक समय : 10 मिनट

□

मानसिक दृढ़ता और संतुष्टि में देरी का महत्त्व

अध्ययन दरशाता है कि हम ज्यादा सफल तभी हो सकते हैं, जब हम आदतन आत्म-नियंत्रण करते हों। यदि हम आदतन संतुष्टि में देरी करते हैं तो हमें सफलता मिलने का बेहतर अवसर प्राप्त होता है।

'सफलता' अस्पष्ट शब्द है, क्योंकि प्रत्येक व्यक्ति के लिए इसका अर्थ अलग-अलग है। कुछ के लिए इसका अर्थ बहुत ज्यादा पैसा कमाना है। दूसरों के लिए इसका अर्थ लगातार उदार, दयालु और विनम्र होना है। अभी भी दूसरे अपनी सफलता को अपने अंतर्वैयक्तिक संबंधों के स्वास्थ्य से मापते हैं। इस चर्चा के उद्देश्य के लिए हम सफलता को अपना लक्ष्य हासिल करने के रूप में परिभाषित करेंगे।

आइए, यह स्पष्ट करते हैं कि संतुष्टि को टालने का क्या आशय है? यह उस चीज का आनंद लेने का विरोध करने का निर्णय है, जिसे हम वर्तमान में कुछ पाने के लिए तरसते हैं और हमारे अंदर इसको पाने की लालसा बढ़ती जाती है।

उदाहरण के तौर पर, मान लें कि आप 5 पाउंड खर्च करने की कोशिश कर रहे हैं। आप पिज्जा पार्लर में जाते हैं और एक स्लाइस खरीदने का प्रयास करते हैं। आपको पिज्जा पसंद है और आप व्यावहारिक रूप से इसका स्वाद ले सकते हैं। अब, आपको निर्णय लेना है। आप अपनी वर्तमान लालसा को

व्यक्त कर सकते हैं, या आप प्रलोभन का विरोध कर सकते हैं और अपने लक्ष्य को पूरा करने के लिए (5 पाउंड खर्च करके) पिज्जा न लेने का फैसला कर सकते हैं।

ध्यान रखें, यह निर्णय है। आप नियंत्रण में हैं। इसका मतलब है कि आत्म-संयम करने का प्रयास करना एक ऐसा कौशल है, जिसे आप सीख सकते हैं और उसे प्रखर कर सकते हैं। जैसा कि आप नीचे देखेंगे, मानसिक दृढ़ता विकसित करने के लिए अपनी लालसाओं पर नियंत्रण करना बहुत जरूरी है।

कैसे लालसा पर नियंत्रण करने से मानसिक दृढ़ता बढ़ती है

असफलताओं को दूर करने और प्रतिकूलताओं का सामना करते हुए लक्ष्यों को प्राप्त करने के लिए धैर्य जरूरी होता है। इस धैर्य से हमें कठिनाई में दृढ़ रहने और उन भावनाओं एवं मनोवैज्ञानिक दबाव को सहने में मदद मिलती है, जो दुर्भाग्य की सहवर्ती होती हैं। इससे हमारा संकल्प मजबूत होता है। यह हमारे धैर्य और दृढ़ता को बढ़ाता है। यह हमें दृढ़ रहने के लिए प्रोत्साहित करता है, जबकि हमारी परिस्थितियाँ हमारे अनुकूल नहीं होती हैं।

जब हम आत्मसंयम का अभ्यास करते हैं तो हम तकलीफ को सहना सीख जाते हैं। हम अपने बड़े लक्ष्यों को हासिल करने के उद्देश्य से वर्तमान कठिनाइयों का सामना करने के लिए अपने मन को प्रशिक्षित करते हैं। ऐसा करते हुए हम अपने मन में यह विचार बैठाते हैं कि हमें इस क्षण अपनी लालसा को संतुष्ट करने की जरूरत नहीं है। हम ऐसा करने के लिए अपनी लालसा का विरोध कर सकते हैं।

इससे हमारे संज्ञानात्मक लचीलेपन में सुधार होता है। जब हम लगातार संतुष्टि को टालते हैं तो हम कष्ट के प्रति अपनी सहनशीलता को बढ़ाते हैं। हम इसके आदी हो जाते हैं। यह सहनशीलता हमें अपनी अल्पकालिक इच्छाओं के प्रति समर्पण करने के बजाय दृढ़ता प्रदान करने में मदद करती है।

उदाहरण के तौर पर, मान लें कि आप एक पूर्णकालिक नौकरी करते हुए

ऑनलाइन कक्षाएँ ले रहे हैं। कार्य-स्थल पर एक लंबा व कठिन दिन बिताने के बाद आप अंत में घर लौटते हैं। दुर्भाग्य से आपके पास तीन ऐसे कार्य हैं, जिन्हें अगले दिन पूरा करना है। यदि आप आदतन अपनी वर्तमान लालसा को संतुष्ट करते हैं तो आप सोफा पर आराम फरमाने और नेटफ्लिक्स पर अपना पसंदीदा शो देखने के प्रलोभन को रोकने में असमर्थ हो सकते हैं। हालाँकि यदि आपने अपने मन को वर्तमान में तकलीफों को सहने के लिए प्रशिक्षित किया है तो आप प्रलोभन को आसानी से रोक पाएँगे और कार्य पूरे कर लेंगे।

संतुष्टि में देरी करने से बाधाओं को नजरअंदाज करने की हमारी क्षमता में भी सुधार होता है। हाल ही के उस समय के बारे में सोचें, जब आपको कुछ जरूरी काम करना था। उदाहरण के तौर पर, आपको अपनी नौकरी के लिए एक रिपोर्ट तैयार करनी थी या शायद आपको घरेलू कार्यों की एक लंबी सूची पूरी करनी थी। जो भी मामला हो, निस्संदेह अन्य गतिविधियाँ भी थीं, जिन्हें आप कर रहे थे। उनमें लिप्त होने का मोह एक विकर्षण था। इससे आपका ध्यान भटकने का खतरा था। नियमित रूप से आत्मनियंत्रण करके आप ऐसे प्रलोभनों को सहने की क्षमता विकसित करते हैं और अपने रवैए में दृढ़ रहते हैं। जब आप वर्तमान में अप्रत्याशित बाधाओं का सामना करते हैं तो आपके अंदर मौजूद यह एक महत्त्वपूर्ण कौशल है।

वर्तमान आनंद में लिप्त होने के आवेग को नियंत्रित करना भी हमारे भीतर प्रयास और प्रतिफल के बीच के संबंध के बारे में एक महत्त्वपूर्ण सबक है। जब हम बार-बार तत्काल संतुष्टि का आनंद लेते हैं तो हम अपने मन को कम प्रयास में ज्यादा प्रतिफल प्राप्त करने के लिए प्रशिक्षित करते हैं। यह हमारी अपेक्षाओं को पूरा करता है। हम अपने दीर्घकालिक लक्ष्यों को प्राप्त करने के लिए असुविधा को सहन करने के बजाय स्वयं को अल्पकालिक इच्छाओं के प्रति आत्मसमर्पण करने के लिए अधिक इच्छुक हो जाते हैं।

उदाहरण के तौर पर, हम आदतन अस्वास्थ्यकर फास्ट फूड खाना पसंद कर सकते हैं; क्योंकि यह आसान, सुविधाजनक और स्वादिष्ट है। कम प्रयास में अच्छा प्रतिफल। दुर्भाग्य से यह आदत गंभीर रूप से हमारे वजन को कम

करने, हृदय संबंधी स्वास्थ्य में सुधार करने और मांसपेशियाँ बनाने के इरादे को बाधित कर सकती है।

जब हम बार-बार संतुष्टि को टालते हैं तो हम आत्म-संयम, प्रयास और प्रतिफल के बीच अपने मन में एक संबंध बनाते हैं। हम सहज रूप से यह पहचानना शुरू कर देते हैं कि हमें प्रयास करना चाहिए और इस प्रक्रिया में हम जो चाहते हैं, उसे प्राप्त करने के लिए अपने आवेगों को नियंत्रित करना है। फास्ट फूड के उदाहरण का प्रयोग करते हुए हम पिज्जा, मिल्कशेक और तले-भुने बर्गर के स्वाद का आनंद लेने का विरोध करने के प्रति मजबूर महसूस करेंगे। इसके बजाय हम घर पर स्वास्थ्यकर खाना पकाएँगे।

अपने आवेगों को नियंत्रित करना आसान नहीं है। हम में से ज्यादातर लोगों ने पूरे जीवन आवश्यकताएँ पूरी की हैं और अचानक आत्म-संयम बरतने का अभ्यास करना हमारे लिए निराशा भरा अनुभव हो सकता है। लेकिन मानसिक दृढ़ता विकसित करने के लिए संतुष्टि को टालना इतना महत्त्वपूर्ण है कि इसकी आदत बन सकती है। आगे पाँच युक्तियाँ दी गई हैं, जिनसे मुझे संघर्ष को कम करने में मदद मिली।

संतुष्टि को टालने के पाँच त्वरित सुझाव

निष्पक्ष चेतावनी : इनमें से कुछ सुझाव आपके लिए काम नहीं कर सकते हैं। ये युक्तियाँ हमारे लिए साधक साबित हुईं। लेकिन हर व्यक्ति भिन्न होता है। फिर भी मैं आपको इनको आजमाने और परखने के लिए प्रोत्साहित कर रहा हूँ कि ये आपके लिए उपयोगी हैं या नहीं। यदि इनमें से एक या दो युक्तियाँ भी आपके लिए उपयोगी साबित हो जाती हैं तो मैं इसे हम दोनों के लिए सफल मानूँगा।

सुझाव 1 : अपने मूल्यों को स्पष्ट करें।

जब आप जान जाते हैं कि वास्तव में आपके लिए क्या चीज मायने रखती है तो उन चीजों को प्राथमिकता देना आसान हो जाता है, जिन्हें आप पूरा करना चाहते हैं। इससे निर्णय लेने की प्रक्रिया आसान हो जाती है। यह आपकी

अल्पकालिक इच्छाओं के क्षणभंगुर आनंद के साथ आपके दीर्घकालिक लक्ष्यों के महत्व को भी प्रभावित करता है।

सुझाव 2 : यह समझें कि आप अपना लक्ष्य क्यों हासिल करना चाहते हैं?

आपको कार्य करने हेतु प्रोत्साहित करने का संभावित कारण होना जरूरी है। अपने प्रत्येक लक्ष्य के कारण का मंथन करें।

उदाहरण के तौर पर, मान लें कि आप 10 पाउंड वजन कम करना चाहते हैं। इसके पीछे का कारण स्वस्थ महसूस करना और दिखना हो सकता है। ये उद्‌देश्य आपको अस्वास्थ्यकर खाद्य पदार्थ खाने के प्रलोभन का विरोध करने के लिए प्रोत्साहित करेंगे, जिसका केवल 10 पाउंड वजन कम करना ही सिर्फ मकसद नहीं होगा।

सुझाव 3 : कार्य-योजना बनाएँ।

अपने स्पष्ट मूल्यों व उद्‌देश्यों का उपयोग करते हुए ऐसी योजना पर विचार करें, जो तत्काल संतुष्टि को टालने की प्रक्रिया के माध्यम से आपका मार्गदर्शन करेगी।

उदाहरण के लिए, मान लें कि आपकी हर उस वस्तु पर अपनी पूरी कमाई खर्च करने की प्रवृत्ति है, जिसकी आपको बहुत कम जरूरत है (जैसे—नए कपड़े, नया फोन आदि)। ऐसी योजना बनाएँ, जिससे आपके प्रत्येक चेक से निकाली जानेवाली निश्चित राशि तुरंत आपके बचत खाते में डाल दी जाए।

सुझाव 4 : बाध्यकारी इच्छा का उपयोगी विकल्प प्राप्त करें।

कुछ लालसाओं को दूसरों की अपेक्षा दबाना बहुत कठिन होता है। इसके लिए सामान्य इच्छा-शक्ति पर्याप्त नहीं है। ऐसे मामलों में इसकी जगह पर दूसरे प्रतिफल, विशेष रूप से इससे अधिक उपयोगी प्रतिफल, पर विचार करें।

उदाहरण के तौर पर, आप पिज्जा को अत्यंत सम्मोहक पा सकते हैं। जंक फूड लत लगनेवाला पदार्थ होता है, क्योंकि यह मस्तिष्क के प्रतिफल केंद्र को प्रेरित करते हुए डोपामाइन हार्मोन को उत्तेजित करता है। इसका

उपयोगी विकल्प शारीरिक गतिविधि है। यह भी एंडॉर्फिन के साथ-साथ डोपामाइन मुक्त करता है। यह जंक फूड खाने की अपेक्षा कम मजेदार हो सकता है, लेकिन यह एक स्वास्थ्यकर विकल्प है, जो अच्छा प्रतीत होता है और इस प्रकार यह एक अच्छा बदलाव है।

सुझाव 5 : लालसा को दबाने के लिए स्वयं को पुरस्कृत करें।

आपका लक्ष्य आनंददायी चीजों के बारे में पूरी तरह से स्पष्ट नहीं है। यह जीने का एक निराशाजनक तरीका होगा। इसके बजाय संतुष्टि को टालने की आदत डालने की अभिलाषा करें।

किसी भी अच्छी आदत को विकसित करने का सबसे प्रभावी तरीका छोटे-छोटे कदम उठाते हुए ऐसा करना है। आप द्वारा उठाया गया प्रत्येक सफल कदम एक छोटा पुरस्कार होगा। इस पुरस्कार से आपका मन उपयोगी कार्य करने के लिए प्रशिक्षित होता है।

उदाहरण के तौर पर, मान लें कि आप एक दैनिक व्यायाम योजना शामिल करने का प्रयास कर रहे हैं। पहले दिन 30 मिनट तक व्यायाम करने के बजाय केवल 3 मिनट तक ही व्यायाम करें। उसके बाद 10 मिनट तक आराम से कोई चीज पढ़ें। धीरे-धीरे अपने व्यायाम सत्र की अवधि बढ़ाएँ और बीच-बीच में आराम करते रहें।

मैंने संतुष्टि को टालने हेतु स्वयं को प्रशिक्षित करने के लिए उपर्युक्त युक्ति का इस्तेमाल किया, ताकि मैं बिना बाधा के अपने लक्ष्यों को पूरा कर सकूँ। इस बारे में जब भी मेरे सामने असफलताएँ व बाधाएँ आईं, इन युक्तियों ने मेरे संकल्प को मजबूत करने में मेरी मदद की। इसे स्वयं के लिए आजमाएँ। आप इन्हें उतना ही प्रभावी पाएँगे, जितना मैंने पाया।

अभ्यास-5

हाल की एक घटना का वर्णन (लिखें) करें, जिसके दौरान आपको प्रलोभन मिला और ऐसा करने के लिए आपने किसी चीज को टाल दिया या छोड़ दिया, जिसे पूरा करना जरूरी था। उसके बाद वर्णन करें कि कैसे

आपके निर्णय ने लालसा को संतुष्ट करने के बाद आपको महसूस कराया। क्या आपने स्वयं को दोषी महसूस किया ? क्या आपने अफसोस का अनुभव किया ? क्या आपने लालसा के प्रति समर्पित होने के लिए स्वयं को दंड दिया ?

आगे हाल की किसी घटना का वर्णन करें, जिसके दौरान आपने अपनी लालसा को दबाया और किसी महत्त्वपूर्ण कार्य को पूरा करने में आप डटे रहे। उसके बाद वर्णन करें कि इस निर्णय से आपने कैसा महसूस किया ? क्या आपको अपने संकल्प से खुशी महसूस हुई ? क्या आपने स्वयं को सशक्तीकृत महसूस किया ?

इस अभ्यास का उद्देश्य यह उजागर करना है कि कैसे दीर्घकालीन लक्ष्यों को हासिल करने के उद्देश्य से अपनी संतुष्टि को टालना हमें सहज रूप से अच्छा लगता है। इससे इस विचार को बल मिलता है कि अपने आवेगों को नियंत्रित करने से ऐसे परिणाम प्राप्त हो सकते हैं, जो बहुत ज्यादा महत्त्वपूर्ण होते हैं।

आवश्यक समय : 15 मिनट

□

मानसिक दृढ़ता और आपकी आदतें

हमारी आदतें कठिन व चुनौतीपूर्ण समय में हमें सँभालती हैं। जब जीवन हमारी योजनाओं से भटक जाता है और हम अप्रत्याशित असफलताओं का सामना करते हैं तो हमारी आदतें और दिनचर्या ही हमें अपने पथ पर दृढ़ रहने में मदद करती हैं। वे हमारे व्यवहार को प्रभावित करती हैं और हमें आगे बढ़ाती हैं। व्यावहारिक रूप से हम अपने आप इन्हें होने देते हैं, जब हम कठिनाइयों और दबाव में घिर जाते हैं। जब हम अच्छी आदतों को अपनाते हैं तो हमारे कार्य एवं निर्णय ज्यादा उपयुक्त हो जाते हैं। हम अपने आवेगों के प्रति कम प्रभावित होते हैं।

हमारी आदतें जितनी ही पुरानी होती हैं, वे उतनी ही गहराई से समाई होती हैं और हमारे अंदर उनके प्रति ज्यादा आत्मविश्वास होता है। इन्हें बनाना और इन्हें बरकरार रखना ही चुनौती है।

इस भाग में पहले यह चर्चा की जाएगी कि कैसे आपकी अच्छी व बुरी आदतें आपकी मानसिक दृढ़ता को प्रभावित करती हैं। उसके बाद आप सीखेंगे कि कैसे लंबे समय तक चलनेवाली अच्छी आदतें विकसित की जाएँ! यह प्रणाली साधारण और आसान है। सबसे जरूरी बात यह है कि इससे फायदा मिलता है। अंत में हम पाँच ऐसी दैनिक आदतों का पता लगाएँगे, जो मानसिक दृढ़ता विकसित करने और बरकरार रखने के लिए जरूरी हैं।

आपकी आदतें आपकी मानसिक दृढ़ता की कुंजी हैं

जब हम आदतों के बारे में सोचते हैं तो हम आमतौर पर उन्हें कार्य से जोड़ते हैं। यानी हमारी आदतें ऐसी चीजें हैं, जो हम करते हैं; लेकिन सच्चाई यह है कि वे इससे कहीं अधिक प्रदर्शित करती हैं।

हमारी आदतें बताती हैं कि हमारे लिए क्या महत्त्वपूर्ण है। वे हमारे मूल्यों और प्राथमिकताओं को दरशाती हैं। यदि हम अच्छा आहार अपनाते हैं और नियमित रूप से व्यायाम करते हैं तो इसका मतलब है कि हमारा स्वास्थ्य हमारे लिए महत्त्वपूर्ण है। यदि हम हर सुबह ध्यान लगाते हैं तो इसका मतलब यह है कि हम दिन की शुरुआत मन की शांतिपूर्ण एवं तनाव-मुक्त स्थिति से करते हैं। दूसरी ओर, मान लीजिए कि हम लगातार जंक फूड खाते हैं, व्यायाम नहीं करते हैं और नियमित रूप से राजनीति के बारे में ऑनलाइन लोगों से बहस करते हैं। ये आदतें भी हमारे मूल्यों और प्राथमिकताओं को बताती हैं।

निरंतर प्रयत्न करना वैसी ही आदत है, जैसे बिस्तर पर जाने से पहले अपने दाँतों को ब्रश करना। यह एक व्यावहारिक प्रतिक्रिया है, जिसके लिए हम कुछ परिस्थितियों में खुद को प्रशिक्षित करते हैं। किसी भी आदत की तरह, इसमें ऐसे संकेत हैं, जो हगें काररवाई करने के लिए प्रेरित करते हैं। अच्छी खबर यह है कि इस आदत को विकसित करने में हमारी मदद करने के लिए हम ये संकेत कर सकते हैं।

यह प्रक्रिया—विकासशील आदतें, जो हमारे व्यवहार को अधिक सुसंगत बनाती हैं—मानसिक दृढ़ता को विकसित करने के लिए जरूरी हैं। यह इच्छा-शक्ति, अभिप्रेरण और प्रेरणा पर निर्भर होने की हमारी आवश्यकता को समाप्त कर देती है। ये सभी अस्थिर और क्षणिक हैं। इसके बजाय हम तनाव और दबाव हेतु अपनी व्यावहारिक प्रतिक्रियाओं को संकेत देने के लिए डिजाइन की गई दिनचर्या और प्रणाली पर भरोसा कर सकते हैं।

इसे ध्यान में रखते हुए उन आदतों को अपनाने की सरल विधि पर चर्चा करें, जो आपके मनोवैज्ञानिक और भावनात्मक लचीलेपन को मजबूत करें।

किसी भी आदत को विकसित करने (और उसे बरकरार रखने) की फास्ट-ट्रैक गाइड

ZenHabits.net के संस्थापक लियो बाबुटा ने एक बार नई आदत अपनाने के संबंध में कहा था, "इसे इतना आसान बना दें कि आप उसे मना न कर सकें।" इस सरल कथन में बहुत ज्ञान है। वास्तव में यह नई आदत विकसित करने के सबसे महत्त्वपूर्ण सिद्धांत को व्यक्त करता है—छोटे से शुरू करें।

उदाहरण के तौर पर, मान लें कि आप रोजाना व्यायाम शुरू करना चाहते थे। आप पहले दिन 45 मिनट तक वर्कआउट करके अपनी नई आदत शुरू करने के लिए उत्साहित व आकर्षित हो सकते हैं। ऐसा न करें। इसके बजाय छोटे कदम उठाएँ। 5 मिनट के वर्कआउट से शुरुआत करें।

आदतें विकसित करते समय यह पहला चरण उतना ही महत्त्वपूर्ण है, जो आपकी दृढ़ता और संकल्प को मजबूत करता है। उदाहरण के तौर पर, कल्पना करें कि आप अपनी नौकरी में ज्यादा ऊब महसूस करते हैं। आप थक गए हैं और आपको ध्यान केंद्रित करना मुश्किल हो रहा है; लेकिन आप निरंतर प्रयत्न करने की आदत डालना चाहते हैं। आस्तीन चढ़ाकर बिना रुके घंटों काम करने के बजाय 5 मिनट तक ध्यान केंद्रित करें। इसे इतना आसान बनाएँ कि आप मना न कर सकें।

अगला चरण धीमी व वृद्धिशील प्रगति करना है। उछल-कूद करके नई आदत विकसित करने की जरूरत नहीं है। यह कोई दौड़ नहीं है। वास्तव में जल्दी प्रगति करने का प्रयास करने से अच्छा होने के बजाय नुकसान होने की ज्यादा संभावना होती है। कई लोगों के लिए ऐसा करना विफलता का एक नुस्खा है।

छोटे कदम आगे बढ़ाएँ। अपने पिछले उदाहरण पर वापस लौटें। आरंभिक 5 मिनट के समय से लेकर 45 मिनट के समय के कार्यों में काम करने की कोशिश न करें। इसके बजाय पहले 5 मिनट के समय के बाद एक छोटा ब्रेक (शायद 60 सेकंड) लें, फिर दूसरा कार्य करें और इसके बाद

अगला कार्य करें। इसे कुछ समय तक सफलतापूर्वक करने के बाद अपने काम को 10 मिनट के अंतराल में बाँटें। इनके बीच में 2 मिनट का ब्रेक लें। जब आपने एक बार में 10 मिनट तक ध्यान केंद्रित करने की अपनी क्षमता साबित कर ली है तो 15 मिनट के अंतराल में अपने कार्य को बाँटें और बीच-बीच में 3 मिनट का ब्रेक लें।

यदि आप इस प्रक्रिया का अनुसरण करते हैं तो आप अंत में उस स्तर पर अपनी आदत बना लेंगे कि आप इसे उचित भाग में बाँट सकें। उदाहरण के तौर पर, मान लीजिए कि आपने अपना ध्यान बेहतर ढंग से केंद्रित कर लिया है, ताकि आप घंटों तक बिना विचलित हुए काम कर सकें। यह एक बड़ी उपलब्धि है; लेकिन इसका यह अर्थ नहीं है कि आपको घंटों काम करना चाहिए। इस मामले में अपेक्षाकृत छोटे समय के अंतराल में काम करना ज्यादा लाभदायक रहेगा। उदाहरण के तौर पर, 45 मिनट तक काम करें और उसके बाद 10 मिनट का ब्रेक लें। इस प्रक्रिया को चार बार दोहराएँ और उसके बाद 30 मिनट का ब्रेक लें। इस ढंग से काम करने से आपको अपनी गति बरकरार रखने में मदद मिलेगी। इसके अतिरिक्त आपका ध्यान कम भटकेगा, क्योंकि आप अपने मस्तिष्क को नियमित अंतराल पर रिचार्ज करने का मौका दे रहे हैं।

नई आदत विकसित करने में अंतिम निर्णय ऐसा संकेत डिजाइन करना है, जो आपकी वांछित प्रक्रिया को प्रभावित करे। ऐसा करना आसान है। मुख्य बात सुसंगत होना है।

उदाहरण के लिए, मान लें कि आप स्वयं को एक छोटा ब्रेक लेने के बाद काम जारी रखने के लिए प्रशिक्षित कर रहे हैं। समस्या यह है कि आप अपना काम छोड़ कर नेटफ्लिक्स पर अपना पसंदीदा शो देखेंगे। इसे आजमाएँ—एक छोटा व प्रेरक गीत चुनिए। इसे सुनते हुए प्रत्येक ब्रेक को समाप्त करें। गीत खत्म होते हुए तुरंत कार्य का नया सत्र शुरू करें। इससे आपका मस्तिष्क गीत और अगले कार्य (इस मामले में काम पर वापस जाना) के बीच एक जुड़ाव उत्पन्न करेगा। अगली बार जब आप गीत सुनेंगे तो आप मजबूरन काम पर वापस जाएँगे।

आपने इन संकेतों को नियंत्रित कर लिया। आपने इन्हें डिजाइन कर लिया। इसका मतलब है कि जब भी आप कोई नई आदत अपनाने का फैसला करते हैं तो आप शो चलाते हैं।

यह सरल आदत डालने की प्रणाली गलती को नहीं रोकती है। वास्तव में आप लगभग निश्चित रूप से कभी-न-कभी गलती करेंगे। इसके बारे में चिंतित न हों, यह इस प्रक्रिया का स्वाभाविक हिस्सा है। खुद को क्षमा करें और आगे बढ़ें।

अब आपके पास नई आदतों को अपनाने की एक भरोसेमंद विधि है। आइए, उन पाँच आदतों का पता लगाएँ, जो आपकी मानसिक दृढ़ता को बढ़ाएँगी।

पाँच दैनिक आदतें आपकी मानसिक दृढ़ता में सुधार लाएँगी।

किसी भी कठिन प्रयास में सफल होने के लिए कई विशेषताओं की जरूरत पड़ती है, जो मानसिक दृढ़ता से जुड़ी होती हैं। हमने इनमें से कई विशेषताओं के बारे में पहले ही चर्चा की है। इसमें धैर्य, दृढ़ता, संकल्प और मन की सकारात्मक अवस्था शामिल है। इसमें अनुशासन, अटलता और संतुष्टि को टालने की इच्छा भी शामिल है।

निम्नलिखित आदतें इन विशेषताओं से बिल्कुल मिलती-जुलती हैं। वे इनको प्रभावित करती हैं और कुछ मामलों में इन्हें पहला स्थान बनाने में महत्त्वपूर्ण हैं। इन पाँचों आदतों को विकसित करें और आप अपने रास्ते में आनेवाली किसी भी चुनौती का साहसपूर्वक सामना करना आसान पाएँगे।

पहली आदत : भविष्य की प्रतिकूलताओं पर नियंत्रण पाने के लिए अपने अतीत को प्रशिक्षण के रूप में देखें

हमारी अपने अतीत को परिभाषित करने की प्रवृत्ति होती है। यह निर्णय करने के लिए कि हम कौन हैं, हम पहले की घटनाओं तथा उनके प्रति अपनी प्रतिक्रियाओं से मदद लेते हैं। हमारे मूल्य और धारणाएँ प्रायः उन चीजों से जुड़ी होती हैं, जो हमारी जिंदगी में पहले घटित हुई थीं।

इस जुड़ाव को अलग करें। अपने मन को, अपने अतीत को भविष्य के लिए प्रशिक्षण से ज्यादा कुछ भी न देखने के लिए समंजित करें। ऐसा होता है। आपने प्रतिक्रिया की, शायद आपने गलतियाँ कीं। अब उनसे सीखने का वक्त है। आपका अतीत सिर्फ निर्देश है, जो आपको इस ध्येय से प्रदान किया जाता है कि कैसे भविष्य में प्रतिक्रिया करनी है।

दूसरी आदत : नकारात्मक भावनाओं का मूल्यांकन तुरंत करें, जब वे उत्पन्न होती हैं

जैसा कि हमने पहले भी चर्चा की है, नकारात्मक भावनाएँ स्वयं अस्वास्थ्यकर नहीं होती हैं। इसके विपरीत, शोध दरशाते हैं कि वे मानसिक स्वास्थ्य और मनोवैज्ञानिक सलामती में अपना योगदान देती हैं। अत: उनका आभार व्यक्त करना जरूरी है।

कहा जाता है कि नकारात्मक भावनाएँ आसानी से आपके औचित्यपूर्ण निर्णय लेने और उद्‍देश्यपूर्ण कार्य करने की क्षमता को जब्त कर लेती हैं। वे आसानी से आपको परेशान कर सकती हैं। इसलिए यह इस बात का भी आकलन करती है कि क्रोध, शर्म, उदासी, घबराहट और अपराध-बोध का अनुभव आप पर हावी है या नहीं।

आप नकारात्मक भावनाओं को दबाना नहीं चाहते हैं; लेकिन यह महत्त्वपूर्ण है कि आप उस पल की जाँच करने की आदत विकसित करें, जो उस समय मौजूद हैं।

तीसरी आदत : अपने अंदर आत्म-विश्वास उत्पन्न करें

मानसिक दृढ़ता विकसित करने के लिए आत्मविश्वास जरूरी है। आखिरकार प्रतिकूल परिस्थितियों के दौरान आगे बढ़ना और अनिश्चितता के डर को दूर करना संभव है, जब आप अपनी क्षमंताओं पर भरोसा करते हैं।

एक बार बिजनेस मैग्नेट हेनरी फोर्ड ने कहा, "क्या आपको लगता है कि आप कर सकते हैं या आपको लगता है कि आप सही नहीं हैं?" फोर्ड ने

प्रतिभा और कौशल की भूमिका को खारिज नहीं किया; बल्कि इसके बजाय आत्मविश्वास की महत्त्वपूर्ण भूमिका को उजागर किया। उन्होंने स्वीकार किया कि हमारी सफलता के लिए हमारी आत्मनिर्भरता महत्त्वपूर्ण है और इसके अभाव में हम आसानी से असफल हो सकते हैं।

चौथी आदत : कृतज्ञता का अभ्यास करें

जब चीजें गलत हो जाती हैं तो चिल्लाना और शिकायत करना आकर्षक होता है; लेकिन यह जरूरी है कि हम दो आधारभूत सत्य को स्वीकार करें। पहले, प्रतिकूल परिस्थितियों के बारे में चिल्लाने और शिकायत करने से उनका समाधान नहीं हो सकता है। दूसरे, इससे आसानी से नकारात्मक भावनाएँ प्रवेश कर जाती हैं, जिससे आगे निराशा और मायूसी फैल जाती है।

साहसपूर्वक प्रतिकूल परिस्थिति का सामना करने के लिए सकारात्मक मानसिकता बनाए रखना जरूरी है। हर सुबह उन चीजों को याद करें, जो आपके लिए सही रही हैं। प्रत्येक दोपहर को उन सभी चीजों के बारे में सोचें, जिनके आप आभारी हैं। प्रत्येक शाम को, बिस्तर पर जाने से पहले, दिन भर में मिली छोटी जीत पर चिंतन करें। रोजाना कृतज्ञता का अभ्यास करें।

पाँचवीं आदत : परिवर्तन के लिए सहिष्णुता बनाएँ

मानसिक दृढ़ता के लिए यह आवश्यक है कि आप परिस्थितियों के प्रति लचीले बने रहें। जब चीजें गलत हो रही हों तो आपको उद्देश्यपूर्ण तरीके से कार्य करने के लिए इसे अपनाने में सक्षम होना चाहिए।

हम में से अधिकांश लोग परिवर्तन से डरते हैं। हम पूर्वानुमान का आनंद लेते हैं, क्योंकि इससे अनिश्चितता कम हो जाती है। अनिश्चितता का डर उद्देश्यपूर्ण कार्य करने के लिए प्रमुख बाधाओं में से एक है।

यह आदत उत्पन्न होने से आप सुविधा-क्षेत्र को छोड़ने के लिए मजबूर हो जाते हैं। यह सक्रिय रूप से उन परिवर्तनों की माँग करती है, जिन्हें आप अपने जीवन में शामिल कर सकते हैं। इसका उलटा यह है कि ऐसा

करने से आप बदलती हुई परिस्थितियों के लिए तैयार होंगे, उनके प्रति आपकी सहनशीलता बढ़ेगी। जब आपकी सहनशीलता बढ़ेगी तो आपका डर स्वाभाविक रूप से खत्म हो जाएगा।

आदत विकसित होने के बारे में बड़ी चीज यह है कि आप अपनी गति से आगे बढ़ सकते हैं। पुनः छोटे कदम से शुरुआत करना और धीरे-धीरे आगे बढ़ना सर्वश्रेष्ठ है। लेकिन हम में से प्रत्येक व्यक्ति के लिए 'छोटा' और 'धीमा' शब्द का अर्थ अलग-अलग है। ऐसी योजना बनाएँ, जो आपकी वर्तमान दिनचर्या के अनुसार हों तथा आपके उपलब्ध समय, ध्यानाकर्षण और ऊर्जा के अनुरूप हों।

अभ्यास-6

उन तीन आदतों को लिखें, जो आप विकसित करना चाहते हैं। प्रत्येक आदत के सामने आदत को विकसित करने के लिए आज से शुरू करते हुए आप कौन सी तीन चीजें कर सकते हैं, उन्हें लिखें।

उदाहरण के तौर पर, मान लें कि आप अपना आत्मविश्वास बढ़ाना चाहते हैं। पहले, आप हर दिन पाँच अजनबी व्यक्तियों को 'हैलो' करने का निश्चय कर सकते हैं। दूसरे, आप तुरंत नकारात्मक आत्म-वार्त्ता का मूल्यांकन करने का निर्णय ले सकते हैं, जब भी आपका आंतरिक आलोचक प्रबल होता है। तीसरे, आप केवल अपनी खुद की परियोजनाओं एवं जिम्मेदारियों पर फोकस करते हुए दूसरों को मना करने का निश्चय कर सकते हैं।

आवश्यक समय : 15 मिनट

□

प्रतिभा, योग्यता और आत्मविश्वास : ये मानसिक दृढ़ता को कैसे प्रभावित करते हैं?

पिछले भाग में हमने आत्मविश्वास का मानसिक दृढ़ता विकसित करने के एक आवश्यक अंग के रूप में संक्षेप में वर्णन किया; लेकिन परिस्थिति आदत के विकास तक सीमित थी। यहाँ पर हम विस्तार से आत्मविश्वास के बारे में पता लगाएँगे। इसका मानसिक दृढ़ता, संकल्प और दबाव के अधीन मनोवैज्ञानिक लचीलेपन पर बहुत हद तक प्रभाव होता है, जिसकी पूरी जाँच करना जरूरी है।

हम आत्मविश्वास के स्रोतों का परीक्षण करते हुए शुरुआत करेंगे। यह कहाँ से आता है? यह कैसे वृद्धि करता है? यह कैसे खत्म हो जाता है? इसके उत्तर आपको चौंका देंगे।

उसके बाद हम यह चर्चा करेंगे कि समय-समय पर अपने आत्मविश्वास के स्तर का मूल्यांकन करना क्यों जरूरी है? कभी-कभी उन्हें फिर से एकत्रित करना जरूरी होता है, ताकि वे हमारी क्षमताओं और ज्ञान को सही ढंग से दरशा सकें।

अंत में हम आत्मविश्वास के पाँच मूलभूत अंगों को कवर करेंगे। यह किसी भी प्रकार से पूरी सूची नहीं है; लेकिन यदि आप इन पाँच तत्त्वों को अपनी दिनचर्या में शामिल कर लेते हैं तो आपका आत्मविश्वास बहुत अधिक बढ़ जाएगा। इससे आपको अनिश्चित और प्रतिकूल परिस्थितियों के प्रति

प्रतिक्रिया करने में मदद मिलेगी, ताकि उन्हें दूर करने की आपकी क्षमता में मजबूत व स्तरहीन विश्वास हो।

योग्यता से आत्मविश्वास की उत्पत्ति

आत्मविश्वास एक उम्मीद है, जिससे हम कठिन एवं असुविधाजनक स्थितियों से निपट सकते हैं। यह आत्मविश्वास हमारी क्षमताओं से, हमारे ज्ञान आधार, प्रतिभा और प्रवीणता के क्षेत्रों से युक्त है। जब हम अपनी परिस्थितियों के लिए तैयार महसूस करते हैं तो हम आश्वस्त होते हैं।

उदाहरण के लिए, मान लीजिए कि आप किसी दोस्त के लिए रात का खाना बना रहे हैं। यदि आपने वर्षों से अपनी खाना बनाने की योग्यताओं का इस्तेमाल किया है तो आप खाना बनाते समय शांत व धैर्यवान् महसूस करेंगे। यदि आप पहली बार रसोई में खाना बनाने जा रहे हैं तो आपको घबराहट महसूस हो सकती है।

आत्मविश्वास किसी आदत को अपनाने की हमारी क्षमता से उत्पन्न होता है। प्रतिभा और विशेषज्ञता पर्याप्त नहीं है। हमें आवश्यकता पड़ने पर ध्यान केंद्रित करना जरूरी है।

मान लें कि अपने दोस्त के लिए खाना बनाते समय आप पाते हैं कि कोई महत्त्वपूर्ण सामग्री आपके पास नहीं है। यदि आप एक अनुभवी रसोइया हैं तो आप किसी उपयुक्त दूसरी वस्तु का इस्तेमाल करते हुए उस अप्रत्याशित कठिन परिस्थिति से निपट लेंगे। ध्यान एकाग्र करने की यह योग्यता आत्मविश्वास का स्रोत है। यह अप्रत्याशित समस्याओं को दूर करने और अप्रत्याशित कठिनाइयों को हल करने के आपके विश्वास को मजबूत करता है।

अपने आत्मविश्वास के स्तर को अपनी क्षमताओं के साथ समंजित करना

कभी-कभी हमारे आत्मविश्वास का स्तर बदलती हुई परिस्थितियों के अनुकूल होने के लिए हमारी क्षमताओं, ज्ञान और तत्परता के सामंजस्य से

उत्पन्न होता है। जब ऐसा होता है तो यह जरूरी है कि हम खुद का मूल्यांकन करें और अपने आत्मविश्वास के स्तर को वास्तविकता के साथ समंजित करें।

यदि हमारे अंदर बहुत ज्यादा आत्मविश्वास है तो हम अत्यधिक जोखिम लेने, दूसरों की राय को खारिज करने और अपनी कमजोरियों को नजरअंदाज करने के इच्छुक हो सकते हैं। जब हम इस मानसिकता के साथ कठिनाइयों और चुनौतियों का सामना करते हैं तो हम अपने साहस की परवाह किए बिना अप्रस्तुत होने का खतरा उठाते हैं।

यदि हमारा आत्मविश्वास कम है तो हम खतरा उठाने से बचते हैं, अपने को नियंत्रित करने के लिए दूसरों की राय लेते हैं और अपनी कमजोरियों को किसी निश्चित हार के अग्रदूत के रूप में समझते हैं। इस मानसिकता से हम कठिनाइयों और चुनौतियों का एक साथ सामना करने में हिचकिचाएँगे।

जब हमारे आत्मविश्वास का स्तर अवास्तविक होता है तो मानसिक रूप से दृढ़ होना कठिन होता है। अहंकार और अन्यायपूर्ण आत्म-संदेह संज्ञानात्मक लचीलेपन एवं संकल्प के दुश्मन हैं। अहंकार हमें अल्पकाल में सँभाले रख सकता है, लेकिन वास्तव में दीर्घकाल में यह हमारा नेतृत्व करेगा। अनुचित आत्म-संदेह हमें किसी निश्चित हार से भयभीत होते हुए प्रतिकूल परिस्थितियों से पूरी तरह से प्रतिक्रिया करने से रोक सकता है।

अवास्तविक आत्मविश्वास स्तर के पोषण से होनेवाले संभावित नुकसान को देखते हुए आवधिक आत्म-मूल्यांकन करना महत्त्वपूर्ण है। खुद से पूछें—

- "क्या मेरे आत्मविश्वास का स्तर मेरी परिस्थितियों को देखते हुए उचित है?"
- "मैं आलोचना का जवाब कैसे दूँ?"
- "क्या चुनौती देने पर मैं पीछे वापस होने के लिए प्रवृत्त हुआ हूँ?"
- "क्या मैं अपने विचारों को दूसरों के साथ साझा करने के लिए उत्सुक या अनिच्छुक हूँ?"
- "जब मैं कठिनाइयों का सामना करता हूँ तो क्या मैं सहज रूप से भयभीत और उदास महसूस करता हूँ?" या क्या मैं आत्म-

विश्वस्त महसूस करता हूँ? क्यों?

इस आत्म-मूल्यांकन से आपको तुरंत यह पता लगाने में मदद मिलेगी कि आपके आत्मविश्वास के स्तर को समंजित करने की जरूरत है या नहीं! इससे आपके जीवन के वे क्षेत्र भी प्रकट होंगे, जिनमें ध्यान देने की जरूरत है। उदाहरण के तौर पर, क्या आप दूसरों की आलोचना की स्वस्थ ढंग से एवं समझदारी से प्रतिक्रिया करते हैं?

आत्मविश्वास के पाँच मूलभूत अंग

आत्मविश्वास में सुधार अपने आप होता है; लेकिन कई ऐसे तत्त्व होते हैं, जिन पर आज हम ध्यान दे सकते हैं, जो कम प्रयास में हमारे आत्मविश्वास के स्तर को बढ़ा देंगे। इनमें से अधिकांश हमारी मानसिकता में शामिल हैं। यदि हम उन्हें गले लगाते हैं और अपनी दिनचर्या में शामिल करते हैं तो उनका हमारे आत्मविश्वास पर महत्त्वपूर्ण रूप से सकारात्मक प्रभाव पड़ेगा।

1. अपने आरामदायक क्षेत्र को छोड़ने की इच्छा

अपने आरामदायक क्षेत्र को छोड़ते हुए हम स्वयं को अप्रिय स्थितियों में झोंकते हैं। ऐसा करने से यह प्रकट होता है कि इस प्रकार की स्थितियाँ शायद ही डर पैदा करती हैं। इसके विपरीत वे व्यक्तिगत और पेशेवर रूप से वृद्धि करने का अवसर प्रदान करती हैं। वे हमें अपनी परिस्थितियों को नियंत्रित करने के लिए अपनी आवश्यकता का त्याग करने और नई चीजों को अपनाना सीखने का अवसर देती हैं।

2. भावनात्मक असुविधा का अनुभव करने के लिए सादगी

आत्मविश्वास के लिए हमें अपनी भावनाओं की जागरूकता की आवश्यकता होती है। लेकिन इसके लिए यह भी जरूरी है कि हम उनके प्रति सहनशील हों। ऐसा करने का एकमात्र तरीका स्वयं को असुविधा में डालना है, जिसमें नकारात्मक भावनाएँ मौजूद हैं।

हम में से कई लोगों की प्रवृत्ति अपनी भावनात्मक पीड़ा को दबाने की होती है; लेकिन हमें इसे अनुभव करने के लिए तैयार रहना चाहिए, क्योंकि ऐसा करने से हमें इसका प्रतिरोध करने में मदद मिलती है। यह प्रतिरोध हमें उनके द्वारा पंगु बनाए बिना नकारात्मक भावनाओं से जुड़ने में मदद करेगा।

3. आत्म-मूल्यांकन की आदत

नियमित रूप से आत्म-मूल्यांकन करने बहुत ही जरूरी है। पहले, हमने इसे वास्तविकता के साथ अपने आत्मविश्वास के स्तरों को समंजित करने के उद्देश्य से करने के बारे में बात की। यहाँ पर हम इसके कार्यक्षेत्र को बढ़ा रहे हैं।

समय-समय पर बैठकर इस बात पर चिंतन करना जरूरी है कि आपने कैसे वृद्धि की। आपने जिन नए कौशलों को सीखा, उन पर विचार करें।

ऐसी विशेष परिस्थितियों के बारे में सोचें, जिनमें आपने स्वयं को शामिल पाया और आपने कैसे उसे सँभाला! उन परिचितों का जायजा लें, जिनसे आप हाल ही में मिले हैं। हाल ही में आपके द्वारा अजनबियों के साथ की गई बातचीत और आपके द्वारा किए गए कार्य, जो कभी आपके लिए अपरिचित थे।

हम लगातार एक या दूसरे तरीके से बढ़ रहे हैं। यह विशेष रूप से ऐसा मामला है, जब हम अपने आराम क्षेत्र को छोड़ते हैं (उपर्युक्त 1 देखें)। समस्या यह है कि हम प्रायः इस वृद्धि को पहचानने में असफल रहते हैं, क्योंकि यह बहुत ही धीमा होता है।

4. सकारात्मकता को गले लगाएँ

सकारात्मक दृष्टिकोण बनाए रखने से नकारात्मक आत्म-वार्त्ता दब जाती है। इसमें हमारी कमजोरियों को उजागर करना और अपनी कमजोरियों एवं भूलों को सीखने तथा विकसित होने के अवसरों के रूप में मानते हुए अपनी सफलताओं का जश्न मनाना शामिल है।

अफसोस की बात है कि हम में से बहुत से लोग अपने जीवन में अनुभव की गई असफलताओं एवं निराशाओं के लिए खुद के बारे में निराशावादी होना सीखते हैं। यह रवैया न केवल हमारे आत्मविश्वास को बाधित करता है, बल्कि हमें बढ़ने से भी रोकता है। अच्छी खबर यह है कि हम आशावाद और सकारात्मक सोच को अपनाने के लिए अपने मन को फिर से संगठित कर सकते हैं। ऐसा करने में हम प्रतिकूल परिस्थितियों को दूर करने की अपनी क्षमता को सहज रूप से पहचानने के लिए खुद को प्रशिक्षित कर सकते हैं।

5. बाहरी वैधता के लिए अपनी इच्छा का त्याग करें

दूसरों से अनुमोदन माँगना आपके आत्मविश्वास को नुकसान पहुँचाता है। यह आपके मन को आपकी प्रेरणाओं और क्षमताओं पर विश्वास न करने के लिए प्रशिक्षित करता है। इसके बजाय आपका दिमाग कार्य करने से बचना सीखता है, जब तक कि उसे किसी और से ऐसा करने की अनुमति नहीं मिलती है। समय के साथ आप सावधान हो जाते हैं और प्रदर्शन करने की अपनी क्षमता के बारे में गलतफहमी पैदा करने लगते हैं।

पहचानें कि आपके पास अनोखी चीज है। आपके ज्ञान, कौशल, प्रतिभा और अनुकूलनशीलता बाहरी सत्यापन की आवश्यकता को समाप्त करते हैं। जब तक आपके आत्मविश्वास का स्तर वास्तविकता के साथ समंजित नहीं होता है, तब तक आप अनिश्चितता का सामना करते समय आत्म-आश्वस्त और स्वाग्रही हो सकते हैं।

आत्मविश्वास मानसिक दृढ़ता का एक मूल तत्त्व है। आत्मविश्वास के बिना मानसिक दृढ़ता को विकसित करना मुश्किल है। सौभाग्य से यह बदलना कि आप अपने आप को कैसे देखते हैं, अपेक्षाकृत सरल है; क्योंकि यह आपके मौजूदा मूल्य को पहचानने पर आधारित है। अपने आत्मबोध को समंजित करना निर्दयी छाया के बजाय वास्तविकता में डुबोना है, जो आपके आंतरिक आलोचक के तिरस्कार से उत्पन्न होता है।

अभ्यास-7

उन चीजों की एक छोटी सूची बनाएँ, जो नियमित रूप से आपके आत्मविश्वास को चोट पहुँचाती हैं। इसमें नकारात्मक आत्म-चर्चा, गंदा कार्यस्थल, ढलाव, शारीरिक उपस्थिति या व्यक्तिगत सीमाओं की अनुपस्थिति शामिल हो सकती है। हर व्यक्ति अलग होता है और इसलिए आपकी सूची आपके लिए अनोखी होगी।

अगला अपने आत्मविश्वास पर प्रत्येक चीज के प्रभाव को कम करने के लिए आप जो भी कार्य कर सकते हैं, उसे लिखें। विशिष्ट बनें। उदाहरण के लिए, यदि आप नकारात्मक आत्म-वार्त्ता से जूझ रहे हैं तो आप अपने अंदर के आलोचक का सामना करने के लिए प्रतिबद्ध हो सकते हैं, जब भी वह बोलता है। यदि यह दावा करता है कि 'आप असफल होने जा रहे हैं' तो आप 'आप गलत हैं और यहाँ पर गलत क्यों है' के साथ जवाब दे सकते हैं।

अंत में एक समय में एक चीज को संबोधित करें। अपने विश्वास के स्तर पर किसी चीज के प्रभाव को कम करने के लिए सूचीबद्ध किए गए कार्य करें। इस अभ्यास में दोहराव और निरंतरता आपकी सहायक हैं।

आवश्यक समय : 20 मिनट

आपका रवैया आपकी मानसिक दृढ़ता को कैसे प्रभावित करता है?

हमारा रवैया हमारे व्यवहार को बहुत अधिक प्रभावित करता है। यह इस बात के लिए लहजा निर्धारित करता है कि हम कठिन परिस्थितियों में कैसे पहुँचते हैं और कैसे प्रतिक्रिया करते हैं! जब हम विपरीत परिस्थितियों का सामना करते हैं तो यह काफी हद तक हमारे मनोवैज्ञानिक लचीलेपन को निर्धारित करता है और हम इसे दूर करने के लिए किए गए कार्यों को निर्धारित करते हैं—या इसके प्रति समर्पित होते हैं।

हमारे पास सकारात्मक दृष्टिकोण है तो हम आशावाद एवं आत्मविश्वास के साथ स्थितियों का मूल्यांकन करने की संभावना रखते हैं। असफलताओं, चुनौतियों और बाधाओं के प्रति हमारी व्यावहारिक प्रतिक्रियाएँ इन भावनाओं से उत्पन्न होंगी।

इस भाग में हमारे दिमाग के ढाँचे का वर्णन किया जाएगा और हमारी मानसिक दृढ़ता पर इसके प्रभाव का पता लगाया जाएगा। हम यह पता लगाते हुए शुरू करते हैं कि हम खुद को और अपनी परिस्थितियों को कैसे देखते हैं। यह अंश पहली नजर में स्पष्ट होने की अपेक्षा ज्यादा महत्त्वपूर्ण है।

अपनी परिस्थितियों पर काबू पाना बनाम उन्हें बदले जाने की उम्मीद करना

जब कोई हमें 'सकारात्मक रहने' के लिए कहता है तो हम तुरंत रूढ़िवादी

सकारात्मक विचारक के बारे में सोचते हैं, जो जीवन भर सबकुछ ठीक होने की उम्मीद करता रहता है। यह व्यक्ति अपनी परिस्थितियों से बेखबर लगता है। वह जीवन की कठिनाइयों को नजरअंदाज करता है। उसे विश्वास होता है कि ये कठिनाइयाँ अपने आप ही खत्म हो जाएँगी। उसे कोई भी भावनात्मक तनाव नहीं होता है, क्योंकि वह उन्हें दूर करने के लिए जीवन के दुर्भाग्य की उम्मीद करता है।

संक्षेप में, रूढ़िवादी सकारात्मक विचारक यह मानता है कि उसकी परिस्थितियाँ उसके अनुसार बदलेंगी। यदि जीवन एक यात्रा है तो वह स्वयं को सिर्फ एक यात्री के रूप में देखता है और उस पर अपने आसपास घटनेवाली घटनाओं का कोई प्रभाव नहीं होता है।

लेकिन यह छवि गलत है। सकारात्मक रवैया बनाए रखने का आशय आधारहीन आशावाद के बारे में नहीं है। यह विश्वास रखने के बारे में नहीं है कि चीजें बस अपने आप काम करेंगी। यह इस चीज को पहचानने के बारे में है कि हम अपनी परिस्थितियों को सकारात्मक रूप से प्रभावित कर सकते हैं, जो हमारी प्रतिभा, क्षमताओं एवं अनुकूलन की क्षमता के आधार पर दुर्भाग्य और कठिनाई पर हावी है।

यह सकारात्मक दृष्टिकोण, जो महत्त्वपूर्ण रूप से आत्मविश्वास से उपजा है, हमारी मानसिक दृढ़ता का आवश्यक भागीदार है। यह तय करता है कि जटिलताओं का सामना करने पर हम कैसा महसूस करते हैं? यह नियंत्रित करता है कि हम उन्हें कैसे जवाब देते हैं? यह मानसिकता हमें निष्क्रिय रहने और सर्वश्रेष्ठ होने की उम्मीद रखने के बजाय खुद को उद्देश्यपूर्ण कार्य करने हेतु मुखर होने के लिए प्रेरित करती है।

वचनबद्धता का महत्त्व

जब हम किसी चीज के लिए प्रतिबद्ध होते हैं तो हम उसे महत्त्व देते हैं। हम जो परिणाम चाहते हैं, वह हमारे आकलन और इसे अपनाने के लिए आवश्यक समय एवं प्रयास में निहित होता है। हमारे कार्य और निर्णय इसे

वास्तविक बनाने में केंद्रित होते हैं। हमारी वचनबद्धता न केवल हमें वांछित परिणाम के लिए प्रयास करने के लिए प्रोत्साहित करती है, बल्कि जब चीजें हमारे अनुसार नहीं चलती हैं तो हमें दृढ़ बने रहने के लिए तैयार भी करती है।

उदाहरण के तौर पर, मान लें कि आप एक अतिरिक्त व्यवसाय शुरू कर रहे हैं। आप इसे सफल बनाने के लिए वचनबद्ध हैं। यह वचनबद्धता आपको शाम के समय और सप्ताह के अंत में भी इसमें समय बिताने के लिए प्रोत्साहित करती है। लेकिन यह इससे कहीं ज्यादा है।

यदि आप कभी भी कोई व्यवसाय चलाते हैं, यहाँ तक कि आप अपने बेडरूम से उसे संचालित करते हैं, तो भी आप जानते हैं कि कई चीजें गलत हो सकती हैं। और कभी-कभी वे अचानक और बिना चेतावनी दिए घटित होती हैं। वचनबद्धता की कमी से आप अपने हाथ खड़े करने और यह कहने के लिए मजबूर हो सकते हैं कि "मैं छोड़ दूँगा!" इसके बजाय आपकी अपने व्यवसाय को सफल बनाने की शपथ आपको अपनी आस्तीन चढ़ाकर अपने सामने आनेवाली सभी बाधाओं को दूर करते हुए काम करने के लिए प्रोत्साहित करती है।

किसी कार्य, परियोजना या विशेष परिणाम के प्रति वचनबद्धता हमें सकारात्मक रहने और बाधाओं का सामना करते समय दृढ़ बने रहने के लिए लचीलापन प्रदान करती है। हमारी वचनबद्धता सहन करने में हमारी मदद करती है, जब उसे छोड़ देना आसान हो। इससे हमें अल्पकालिक संतुष्टि के प्रति आत्म-समर्पित होने के बजाय अपने लक्ष्यों की दिशा में काम करने में मदद मिलती है।

लगातार वृद्धि करने की इच्छा

जैसा कि ऊपर कहा गया है, सकारात्मक रवैया हमें यह आत्मविश्वास प्रदान करता है कि हम प्रतिकूलता को दूर कर सकते हैं। यह मानसिकता प्रबल हो जाती है। जब हम नए कौशल को सीखते हैं (या मौजूदा कौशल में सुधार करते हैं), नई जानकारी प्राप्त करते हैं या नई स्थितियों का सामना करते

हैं। हमारी क्षमता एवं निपुणता बढ़ जाती है और इससे हमारा आत्मविश्वास भर जाता है।

इस कारण यह जरूरी है कि हम अपनी वचनबद्धता के संबंध में सभी मामलों में वृद्धि करें। वास्तव में मामलों में वृद्धि करना, जो हमारी वचनबद्धता से परे होती है, लाभदायी है। ऐसा करने से हम अपरिचित परिस्थितियों का सामना करते हैं, जो हमें हमारे कौशल और ज्ञान के आधार को बढ़ाने का अवसर प्रदान करती हैं।

वे लोग, जो मानसिक रूप से दृढ़ होते हैं, उनकी वृद्धि की मानसिकता होती है। उनका मानना है कि उनकी क्षमता पत्थर में निहित नहीं है। इसके बजाय वे भरोसा करते हैं कि जब जीवन में कठिनाई आती है तो प्राय: दृढ़ता से उसका सामना करते हुए वे नई क्षमताओं को सीख सकते हैं। वे व्यक्ति बहुत कम ही छोड़ देने की ओर प्रवृत्त होते हैं। वे अपनी कमियों को उन क्षेत्रों के रूप में देखते हैं, जिनमें सुधार होता है और वे कठिनाइयों को अपनी गलतियों से सीखने का अवसर मानते हैं।

वृद्धि की मानसिकता संज्ञानात्मक लचीलेपन का अभिन्न अंग है। यह सकारात्मक रवैए का एक आवश्यक अंग है। यह अंतर्निहित विश्वास कि हम लगातार खुद को बेहतर बना सकते हैं और इस तरह उन चीजों को प्राप्त कर सकते हैं, जो अतीत में हमारे लिए असंभव थीं, मानसिक रूप से मजबूत होने के लिए आवश्यक है। यह हमारे आत्मविश्वास को मजबूत करता है, जो प्रतिकूल परिस्थितियों का सामना करते समय स्थिर बने रहने की हमारी इच्छा को बढ़ाता है।

ऐसा अंतिम तत्त्व है, जो सीधे हमारे दृष्टिकोण को प्रभावित करता है और इसके साथ हमारी क्षमता के लिए लचीलेपन को आभार।

आभारी होने की कला

बहुत से लोग आत्म-दया में बँधे रहते हैं। वे इस बारे में भ्रमित रहते हैं कि जीवन अनुचित कैसे है और उनकी परिस्थितियाँ उन्हें अपने लक्ष्यों को पूरा करने से क्यों रोकती हैं। ये लोग अपनी खुद की अप्रसन्नता के शिकार हैं।

वे अपनी प्रतिभा और क्षमताओं को स्वीकार करने के बजाय पीड़ित अवस्था में रहते हैं। यह मानसिकता सदा के लिए निराशा की ओर ले जाती है और अवसाद का द्वार भी खोल सकती है।

अप्रत्याशित रूप से वे लोग, जो आदतन खुद के लिए खेद महसूस करते हैं, जब वे चुनौतियों का सामना करते हैं तो अकसर हार मान लेते हैं।

यह स्वीकार करना महत्त्वपूर्ण है कि आत्म-दया एक विकल्प है। यह ऐसा रवैया है, जिसे हम बचकर निकलने के बजाय अपनाते हैं। एक बार जब हम इस नकारात्मक रवैए को अपना लेते हैं तो यह हमारे मन में जल्दी से पैर जमा सकता है, जो हमें हमारी परिस्थितियों पर अपनी असफलता का दोष लगाने के लिए प्रेरित करता है।

यह मानसिकता मानसिक दृढ़ता के विपरीत है।

जब हम आभार व्यक्त करते हैं तो हम इस तथ्य को रेखांकित करते हैं कि हमारे पास आंतरिक व बाहरी—दोनों तरह के संसाधन हैं, जो हमें विफलता, दुर्भाग्य और कठिनाइयों को सहन करने में मदद करते हैं। हम अपनी प्रतिभा और क्षमता के लिए अपनी प्रशंसा की बात करते हैं। ऐसा करते हुए हम आगे वृद्धि का अनुभव करने के लिए तैयार रहते हुए अपने आत्मविश्वास को बढ़ाते हैं।

अगली बार जब आपको आत्म-दया की भावना महसूस होने लगे तो निम्नलिखित कार्य करें—

- अपनी भावनात्मक स्थिति की वास्तविकता पर प्रश्न पूछें। क्या आत्म-दया यथोचित है, या क्या आप अपनी क्षमता की अनदेखी कर रहे हैं?
- अपने जीवन में अच्छी चीजों पर चिंतन करें।
- दोस्त या परिवार के सदस्य को बताएँ कि आप उनसे प्यार करते हैं और उनकी सराहना करते हैं। आप उस व्यक्ति का दिन अच्छा कर देंगे और आपको भी अच्छा लगेगा। यह एक फायदे का सौदा है!

ये सामान्य गतिविधियाँ आत्म-दया को जल्दी से दूर कर देंगी। इससे आपको परिस्थितियों से उत्पन्न मनोवैज्ञानिक एवं भावनात्मक दबाव से छुटकारा मिलेगा और इन पर प्रबल होने के लिए उद्देश्यपूर्ण कार्य करने में मदद मिलेगी।

अभ्यास-8

ऐसी पाँच चीजें लिखें, जिन्हें आपने आज किया, जो आपके वर्तमान कौशल और ज्ञान पर निर्भर थीं। इसमें अपनी नौकरी पर रिपोर्ट तैयार करना, स्कूल में परीक्षा लेना या घर पर किसी टूटी हुई चीज को जोड़ना शामिल है। इससे इस वास्तविकता को बल मिलेगा कि आपके पास उपयोगी संसाधन (तकनीकी जानकारी, अनुभव, अनुकूलनीयता आदि) हैं।

आवश्यक समय : 5 मिनट

अभ्यास-9

आपने आज जो पाँच चीजें सीखीं, उन्हें लिखें। इसके उदाहरण हैं—नया शब्द या वाक्यांश सीखना, कैसे नया व्यंजन तैयार करना है या कैसे गिटार पर नया गाना बजाना है। इस अभ्यास से इस तत्य को बल मिलेगा कि आप किसी भी प्रकार से हमेशा वृद्धि कर रहे हैं और सुधार कर रहे हैं।

आवश्यक समय : 5 मिनट

अभ्यास-10

ऐसी पाँच चीजें लिखें, जिसके लिए आप आज शुक्रगुजार हैं।

इसमें आपकी नौकरी, अपने जीवनसाथी के साथ आपका संबंध, अपने रेफ्रिजरेटर को खाद्य पदार्थों से भरा रखने की क्षमता शामिल हो सकती है। इस अभ्यास से आपको आभार व्यक्त करने, आत्म-दया को नकारने के लिए आपके मन को प्रशिक्षित करने में मदद मिलती है।

आवश्यक समय : 5 मिनट

□

मानसिक दृढ़ता और आपके अंदर का आलोचक

आपका आंतरिक आलोचक आपका चतुर विरोधी है। वह जानता है कि अपना ध्यान आकर्षित करने के लिए उसे चिल्लाना नहीं पड़ता है। उसे आपके मानस को धूमिल करने, आपके आत्मविश्वास को कम करने और आपको नकारात्मक रवैया अपनाने के लिए प्रोत्साहित करने के लिए चिल्लाना नहीं पड़ता है।

आपके भीतर का आलोचक इसके संदिग्ध व निंदनीय दावों को पूरा करता है, और यह पर्याप्त है। यह फुसफुसाहट इतना बड़ा भय व चिंता पैदा कर सकती है कि हम पंगु हो जाते हैं और कार्य करने में असमर्थ हो जाते हैं।

हम में से प्रत्येक व्यक्ति के पास खुद का आंतरिक आलोचक है। यह पृष्ठभूमि में आराम से रहता है और हमारे कार्यों की आलोचना करने, हमारे काम का आकलन करने तथा हमारे फैसलों का खंडन करने के लिए अवसर की प्रतीक्षा करता रहता है। हमें इस आंतरिक आवाज को चुप करना सीखना जरूरी है, अन्यथा हम इसके लगातार हमले से अभिभूत होने का जोखिम उठाते हैं। इसके द्वारा पूरे दिन उत्पन्न होनेवाली नकारात्मक आत्म-वार्त्ता गंभीर भावनात्मक व मनोवैज्ञानिक क्षति कर सकती है।

नीचे हम चर्चा करेंगे कि कैसे नकारात्मक आत्म-वर्त्ता की पहचान करनी है। (यह हमेशा स्पष्ट नहीं होता है।) एक बार जब आप संकेतों को

जान लेते हैं तो आप अपने भीतर के आलोचक को आपको धमकाने से रोकने के लिए कदम उठा सकते हैं। आज हम आपके द्वारा उपयोग किए जानेवाले कई सुझावों को कवर करेंगे।

आपका आंतरिक आलोचक अशांत है, इसके सामान्य लक्षण

आपका आंतरिक आलोचक एक छोटे बच्चे की तरह है। यह आसानी से ऊब जाता है। जब यह ऊब जाता है तो यह हानिकारक हो सकता है। दुर्भाग्य से इसकी हरकतों का पता लगाना अकसर कठिन होता है। आपका आंतरिक आलोचक पृष्ठभूमि में छिपकर अपना सबसे प्रभावी काम करता है।

ऐसा कहा जाता है कि कुछ ऐसे स्पष्ट संकेत होते हैं, जो इसकी चाल को प्रकट कर देते हैं।

सबसे पहले, आपका आंतरिक आलोचक आपत्तिजनक सोच में श्रेष्ठ होता है। वह संदेहास्पद दावा करेगा कि "आप असफल होने जा रहे हैं", "आप अपनी नौकरी खोने जा रहे हैं," और "वे आपसे घृणा करने जा रहे हैं।" ये दावे पहली बार में उचित लगते हैं। हम उन पर विश्वास करने के लिए मजबूर हो जाते हैं, यह मानते हुए कि हमारे मन की आवाज हमारी रक्षा करने की कोशिश कर रही है।

दूसरा, आपका आंतरिक आलोचक आपको दोषी महसूस कराने में माहिर है। वह आपके उन दावों को सही ठहराएगा, जो आपने उन चीजों की ओर इशारा करते हुए किए हैं, जो आपने किए हैं या आपके द्वारा लिये गए फैसले हैं, जो अतीत में असफलता का कारण बने।

तीसरा, आपका आंतरिक आलोचक अत्यधिक सामान्यताओं और हास्यास्पद निरपेक्षता का उपयोग करता है। इसके कुछ उदाहरण निम्नलिखित हैं—

- "आप कभी सफल नहीं होंगे।"
- "हर कोई आपको बेवकूफ समझेगा।"

- "आप हर समय विफल रहते हैं।"
- "आप हमेशा गलत बातें कहते हैं।"
- "आप जो सोचते हैं, उसकी कोई भी परवाह नहीं करता है।"

चौथे, वह सफलता और असफलता के बीच कठिन रेखा खींचता है। आप या तो सफल होते हैं या असफल होते हैं। आपके बीच में कोई नहीं है। इससे भी खराब बात यह है कि आपका आंतरिक आलोचक अनुचित रूप से अधिक सफलता के लिए मानदंड स्थापित करता है। उदाहरण के तौर पर, यदि आप परीक्षा में 'बी' अंक प्राप्त करते हैं। यदि आप ऐसा भोजन तैयार करते हैं, जो थोड़ा खराब बना है तो आप असफल हो जाते हैं। यदि आप काम पर एक प्रस्तुति देते हैं और हर प्रतिभागी से उत्साही प्रशंसा प्राप्त नहीं करते हैं तो आप असफल रहे हैं।

पाँचवाँ, आपके भीतर का आलोचक अंतिम स्थिति के साथ भविष्यवाणी करता है। वह जो भविष्यवाणी करता है, वह अकसर नकारात्मक होती है। उदाहरण के तौर पर, वह लड़की, जिसे आप डेट पर चलने के लिए कहते हैं, वह कहेगी कि 'नहीं, कभी नहीं' या 'नहीं', भले ही आप पृथ्वी के आखिरी आदमी थे। आप क्लाइंट को जो विपणन योजना दिखाने की योजना बना रहे हैं, वह सरसरी तौर पर रद्द कर दी जाएगी। जिस व्यवसाय को आप शुरू करना चाहते हैं, वह बुरी तरह से असफल हो जाएगा और आप इस प्रक्रिया में अपने दोस्तों के बीच हँसी के पात्र बन जाएँगे।

आपका आंतरिक आलोचक निश्चित रूप से आपका सबसे अप्रिय, आपत्तिजनक और अपमानजनक परिचित है। यह नकारात्मक आत्म-चर्चा को शांत करने का समय है।

वे पाँच चीजें, जो आप अपने आंतरिक आलोचक को शांत करने के लिए कर सकते हैं—

आप निम्नलिखित सामान्य चीजों को कर सकते हैं, जो नकारात्मक आंतरिक संवाद को दबाने में आपकी मदद करेंगी, जो आपके आत्मविश्वास, आत्म-मूल्य और मानसिक दृढ़ता का नाश कर रही हैं। ये सभी आसान हैं

और इनको करने में कम समय तथा प्रयास करना पड़ता है। मैं आपको आज ही आजमाने के लिए प्रोत्साहित करता हूँ।

1. नकारात्मक भावनाओं की छानबीन करें, जब वे आपके पास आती हैं।

वर्ष 2005 में 'नेशनल साइंस फाउंडेशन' ने यह दावा करते हुए एक लेख प्रकाशित किया था कि हमारे अंदर एक दिन में 12,000 से 50,000 तक विचार आते हैं। उसने यह भी दावा किया कि इनमें से 80 प्रतिशत विचार नकारात्मक होते हैं। चाहे ये दावे सही हों या नहीं (और कुछ लोगों ने इस पर संदेह भी व्यक्त किया), हम पूरे दिन बहुत अधिक नकारात्मक विचारों का अनुभव करते हैं। वास्तव में ये इतने ज्यादा होते हैं कि हम उनके लिए एक अंध स्थान विकसित करते हैं और उन्हें उसमें दबा देते हैं।

जब भी आपके भीतर का आलोचक 'बोलता है', तो उसके दावे की जाँच करें। बस, इसे अनदेखा न करें। और निश्चित रूप से इसे स्वीकार न करें, जो यह कहता है। अपने दावों की आपके भावनात्मक प्रभुत्व, मनोवैज्ञानिक तैयारी और मानसिक दृढ़ता के विनाश के रूप में पहचान करें।

2. साक्ष्य की माँग करें

यदि आपका आंतरिक आलोचक आपकी असफलता के रूप में निंदा करता है, विनाश की भविष्यवाणी करता है या आपको यह समझाने की कोशिश करता है कि आप योजनाबद्ध कार्य या परियोजना से अच्छी तरह से लैस नहीं हैं, तो उससे साक्ष्य माँगें। इससे शायद वे चीजें स्पष्ट हो जाएँगी, जिन्हें आपने अतीत में सफलतापूर्वक किया था। लेकिन याद रखें, हम हमेशा वृद्धि कर रहे हैं और सुधार कर रहे हैं। अतीत की असफलता भविष्य में हमारी सफलता को सीमित नहीं करती है। यह देखते हुए इस तरह के साक्ष्य सबसे अच्छे रूप में अस्थिर हैं और सबसे खराब बाहरी रूप से सबसे खराब हैं।

3. अपने भीतर के आलोचक के सामान्यीकरण के बारे में तर्कसंगत प्रतिक्रिया दें

अपने भीतर के आलोचक को उपर्युक्त हास्यास्पद निरपेक्षता से याद करें : हमेशा, कभी नहीं, कोई नहीं, हर व्यक्ति आदि। इन निरपेक्षताओं पर आधारित दावे हमेशा थोड़े से गुणों के साथ घोर अतिशयोक्ति होते हैं। इन्हें खारिज करने का सर्वश्रेष्ठ तरीका उचित प्रतिक्रिया से इनका विरोध करना है।

उदाहरण के तौर पर, मान लें कि आप सार्वजनिक संवाद में सुधार करना चाहते हैं। यदि आपका आंतरिक आलोचक प्रोत्साहित महसूस कर रहा है तो वह दावा कर सकता है, "आप कभी भी जनता के समक्ष बोलने में सक्षम नहीं होंगे।" यह दावा हास्यास्पद है। आप यह कहकर इसका विरोध कर सकते हैं कि "यदि मैं पर्याप्त अभ्यास करूँ तो मैं निश्चित रूप से इसमें सुधार कर लूँगा।" यह एक अविवादास्पद उम्मीद है। और यह तुरंत आपके आंतरिक आलोचक के विपरीत, आधारहीन दावे को खारिज करता है।

4. नकारात्मक लोगों के साथ समय बिताना बंद करें

हम में से प्रत्येक व्यक्ति कम-से-कम एक ऐसे व्यक्ति को जानता है, जो हमेशा नकारात्मक रहता है। वे निराशावादी, स्वार्थी और आदतन हतोत्साहित होते हैं। वे शिकायत करते हैं, आलोचना करते हैं और किसी भी चीज के बारे में नकारात्मक विचार रख सकते हैं। इन सगे-संबंधियों के आसपास रहना भावनात्मक रूप से थकाऊ होता है। इससे भी बुरी बात यह है कि इनकी नकारात्मकता बहुत अधिक संक्रामक हो सकती है। इनके साथ अधिक समय बिताएँ तो आप पाएँगे कि आपकी सकारात्मक मानसिकता समाप्त हो रही है।

अपने समय की रक्षा करें। नकारात्मक लोगों को इस पर एकाधिकार न जमाने दें। इसके बजाय, अधिकांश समय ऐसे लोगों के साथ बिताएँ, जिनके पास लगातार सकारात्मक दृष्टिकोण होता है। ऐसे सगे-संबंधी आत्मविश्वासी, उत्साहित, आशावादी और उपयोगी होते हैं। इनके आसपास होने से आपकी भावनात्मक और संज्ञानात्मक शक्ति बढ़ेगी।

5. काल्पनिक मित्र को सलाह दें

हम ऐसे लोगों के प्रति ज्यादा दयालु होते हैं, जिनकी हम अपने से ज्यादा चिंता करते हैं। उदाहरण के तौर पर, कोई सामान्य सी गलती करने के बाद हम स्वयं से कह सकते हैं, "अच्छा, वह बेवकूफ, बनावटी था।" लेकिन हम ऐसा किसी दोस्त या प्रियजन के लिए नहीं कहेंगे। हम ज्यादा सहयोगात्मक और प्रोत्साहित रहेंगे। उदाहरण के तौर पर, हम उसे यह कह सकते हैं, "यह एक छोटी सी गलती है। हम सभी मिलकर इसे सुधार लेंगे। इससे तुम हतोत्साहित न होओ।" हम हाल ही में की गई बड़ी गलती का वर्णन करके उन्हें बेहतर महसूस कराने का प्रयास कर सकते हैं।

अगली बार जब आपका आंतरिक आलोचक अशिष्ट एवं अनुचित दावा करता है तो कल्पना करें कि आप किसी मित्र को सलाह दे रहे हैं। लेकिन इसके बदले खुद को दें। दयालु और सहानुभूतिपूर्ण बनें। आप पाएँगे कि ऐसा होने से आपके लिए स्वयं को क्षमा करना और संकल्प के साथ आगे बढ़ना आसान हो जाएगा।

सूक्ष्म खुराक में आपका आंतरिक आलोचक उपयोगी लक्ष्य पूरा कर सकता है। वह ऐसी चीजों को स्पष्ट कर सकता है, जो आपने गलत की हैं, ताकि आपको समंजित होने और सुधार करने का मौका मिले। समस्या यह है कि आपका आंतरिक आलोचक कभी भी स्वयं को नियंत्रित नहीं करता है। यह अनिवार्य रूप से हर चीज में गलती ढूँढ़ता है, धीरे-धीरे आपकी भावनात्मक शक्ति और मानसिक दृढ़ता को दूर करता है। हालाँकि एक अच्छा समाचार भी है—जब आप अपने भीतर के आलोचक के कुचक्र को पहचान लेते हैं (और जब आप इसकी चालें जान लेते हैं तो उन्हें पहचानना आसान होता है) तो आप इसे चुप करा सकते हैं।

अभ्यास-11

पिछले सप्ताह के दौरान आपके द्वारा अनुभव की गई नकारात्मक आत्म-चर्चा के दस उदाहरणों को नीचे लिखें। वे छोटे या बड़े, थोड़े से

कष्टप्रद या पूरी तरह से अपमानजनक हो सकते हैं।

उदाहरण के तौर पर, क्या आपके आंतरिक आलोचक ने निम्नलिखित किसी चीज को कहा है?

- "आप कभी भी अपना वजन कम नहीं कर पाएँगे।"
- "कोई आपको पसंद नहीं करता।"
- "आप उस पोशाक में भद्दे लग रहे हैं।"
- "आपके मित्र मार्क ने आपके लेख को अनदेखा कर दिया। वह आपसे क्रोधित है।"
- "आप उन लोगों की तरह सक्षम नहीं हैं।"
- "आपका बॉस आपको डाँटने जा रहा है।"
- "आपके सहकर्मी आपका सम्मान नहीं करते हैं।"
- "आप बेवकूफ हैं।"

पिछले सप्ताह के दस उदाहरणों को लिखने के बाद हर एक के लिए एक उचित प्रतिक्रिया लिखें। उदाहरण के तौर पर, 'आप कभी भी अपना वजन कम नहीं कर पाएँगे' के आगे आप लिख सकते हैं—'यदि मैं कम जंक फूड खाता हूँ और रोज 30 मिनट तक सैर करता हूँ तो मैं धीरे-धीरे अपना वजन कम कर लूँगा।'

यह अभ्यास आपके भीतर के आलोचक के दावों को झुठला देता है। इसके अतिरिक्त यह आपके मन को संदेहपूर्वक अपने दावों को सहज रूप से समझने के लिए प्रशिक्षित करता है।

आवश्यक समय : 20 मिनट

□

इच्छा-शक्ति और प्रेरणा की भूमिका

आइए, एक-दो परिभाषाओं से शुरुआत करते हैं। इच्छा-शक्ति अपने लक्ष्यों की दिशा में काम करने के इरादे से संतुष्टि को टालने की क्षमता है। उदाहरण के तौर पर, मान लें कि आपका लक्ष्य 15 पाउंड वजन कम करना है।

डोनट खाने की इच्छा का विरोध करना इच्छा-शक्ति की अभिव्यक्ति होगी। यह आत्म-नियंत्रण का प्रदर्शन है।

प्रेरणा को परिभाषित करना मुश्किल है। सबसे सरल रूप में, यह बदलाव लाने का आवेग है। इस प्रकार का बदलाव लक्ष्य हासिल करने के रूप में आ सकता है (उदाहरण के तौर पर, 15 पाउंड वजन कम करके अपने में बदलाव लाना)। इसमें अपनी परिस्थितियों में सुधार करना (उदाहरण के तौर पर, तनाव कम करने के लिए अपनी 'टु-डू लिस्ट' पूरी करना), किसी विशेष मुद्दे (उदाहरण के तौर पर, जानवरों का उपचार) के बारे में जागरूकता उत्पन्न करना या ऐसा कार्य शुरू करना, जो हमारे लिए महत्त्वपूर्ण है (उदाहरण के तौर पर, जलवायु परिवर्तन), भी शामिल हो सकता है। यह व्यस्तता, व्यवहार और मनोवैज्ञानिकों के अनुसार सहज ज्ञान का एकीकरण है।

जैसा कि मैंने कहा है, इच्छा-शक्ति को परिभाषित करना थोड़ा मुश्किल है। इस पुस्तक के उद्देश्य से, हम अपनी परिस्थितियों को बेहतर बनाने के लिए प्रेरणा के संदर्भ को सीमित करते हैं।

इसके साथ ही यह भी कहा जाता है कि मानसिक दृढ़ता विकसित करने के लिए इच्छा-शक्ति और प्रेरणा कितनी महत्त्वपूर्ण है! उनकी संबंधित भूमिकाएँ क्या हैं? जब हम समझ लेते हैं कि किस प्रकार इच्छा-शक्ति और प्रेरणा काम करती है, तभी हम इन प्रश्नों का उत्तर दे सकते हैं।

इच्छा-शक्ति की व्यावहारिक प्रक्रिया

क्या आपने कभी ध्यान दिया है कि शाम की अपेक्षा सुबह में कठिन निर्णय लेना आसान होता है? उदाहरण के तौर पर, मान लीजिए कि आप सुबह बिस्तर से उठते हैं और आपको जॉगिंग करने या टी.वी. देखने के विकल्प का सामना करना पड़ता है। कठोर विकल्प चुनना और मुख्य बातों को याद रखना अपेक्षाकृत आसान होता है। अब मान लें कि आप कार्यस्थल पर लंबे समय तक और तनावपूर्ण स्थिति में काम करने के बाद घर लौटे हैं। आपके सामने जॉगिंग करने या टी.वी. देखने का विकल्प रखा जाता है। संतुष्टि को टालना बहुत अधिक कठिन है। यदि आप इस स्थिति में मेरी तरह हैं तो आप टी.वी. देखना पसंद करेंगे।

इसी प्रकार से इच्छा-शक्ति काम करती है। यह हमारे टैंक में ईंधन की तरह है। दिन चढ़ने के साथ इसका उगयोग होता जाता है। दिन के अंत तक टैंक सूख जाता है और हमारा कठिन विकल्प चुनने का संकल्प पिघल जाता है।

वर्षों पहले 'प्रोसीडिंग्स ऑफ द नेशनल एकेडमी ऑफ साइंसेज' (PNAS) की सहकर्मी-समीक्षित काररवाई के बारे में एक अध्ययन प्रकाशित हुआ था, जिसमें 8 न्यायाधीशों के पैरोल निर्णयों पर बाहरी कारकों के प्रभाव की जाँच की गई थी।* लेखकों ने इस प्रकार के 1,000 से अधिक निर्णयों का अवलोकन किया और एक दिलचस्प प्रवृत्ति का पता लगाया। आगे चलकर

---

* Avnaim-Pesso, Liora, Danziger, Thai, & Levav, Jonathan (2010). Extraneous factors in judicial decisions. Proceedings of the National Academy of Sciences. 6889-6892.
https://www.pnas.org/content/pnas/108/17/6889.full.pdf

जब निर्णय किया गया तो इस बात की संभावना अधिक थी कि पैरोल के अनुरोध को अस्वीकार कर दिया गया था। जैसे-जैसे दिन बढ़ता गया, अनुरोध के इनकार करने के पक्ष में सख्त निर्णय लेने में जजों ने स्पष्ट रूप से और अधिक मुश्किल पाया।

लेखकों ने आँकड़ों का अन्य दिलचस्प पहलू पाया। जजों को दोपहर के भोजन के अवकाश के तुरंत बाद संक्षिप्त अवधि में पैरोल प्राप्त करने की अधिक संभावना थी।

इस घटना का एक स्पष्टीकरण निर्णय क्लांति है, जो मानसिक क्लांति का एक रूप है। हम जितना अधिक निर्णय करते हैं, हमें आगे के निर्णय करने के लिए कम इच्छा-शक्ति (अर्थात् हमारे टैंक में ईंधन) की जरूरत होती है। इच्छा-शक्ति न होने से हमें कठिन विकल्प अपनाना कठिन हो जाता है और इसके बजाय हम आसान विकल्प चुनते हैं।

जब हम अपना ध्यान प्रेरणा की तरफ लगाते हैं तो इस प्रक्रिया को अपने मन में रखें।

प्रेरणा की शक्ति (और क्षणिक प्रकृति)

क्या आपको कभी इस बात के लिए प्रेरित किया गया है कि आपने कुछ करने के लिए बिल्कुल मजबूर महसूस किया ? हो सकता है कि उत्साहजनक भाषण सुनने के बाद आप व्यस्त महसूस कर रहे हों या शायद आपको अपना सपना पूरा करने के लिए अनोखा अवसर प्रदान किया गया हो, अथवा हो सकता है, कार्य के प्रति आपकी प्रेरणा किसी चेतावनी द्वारा प्रोत्साहित की गई हो (उदाहरण के तौर पर, आपके बॉस ने आपको कहा हो कि यदि आप अपना दैनिक सेल्स कोटा पूरा करने में असफल होते हो तो आपकी नौकरी चली जाएगी)।

प्रेरणा उद्देश्यपूर्ण कार्य करने के लिए एक शक्तिशाली संवेग हो सकती है। अपनी परिस्थितियों को बदलने की प्राय: कीमत चुकानी पड़ती है; हमारे आराम, हमारे समय या हमारे संसाधनों की कीमत चुकानी पड़ सकती है। जब

हम कोई विशेष परिवर्तन करने के लिए बहुत अधिक प्रेरित होते हैं तो हम ऐसा करने के लिए ज्यादा कीमत चुकाने हेतु इच्छुक हैं (उदाहरण के तौर पर, कठिन मेहनत करें, अधिक समय लगाएँ या अधिक संसाधन लगाएँ)। इसके विपरीत जब हम प्रेरित नहीं होते हैं तो हम जो कीमत चुकाना चाहते हैं, वह घट जाती है।

प्रेरणा के साथ यही समस्या है। इसका प्रयोग करना कठिन है। यदि हम इसका प्रयोग करने में असमर्थ होते हैं तो हम इसका लाभ लगातार नहीं उठा सकते हैं। यह एक गैर-भरोसेमंद संसाधन है।

यह कहा जाता है कि आप अपने दिमाग को कार्य करने के लिए प्रशिक्षित करने हेतु 'उपाय' कर सकते हैं, भले ही आपके अंदर इच्छा-शक्तिं और प्रेरणा दोनों की कमी हो। जब आप तत्काल संतुष्टि प्रदान करनेवाला विकल्प चुनना चाहते हैं तो यह स्वयं को कार्य करने के लिए संकेत देने का एक भरोसेमंद तरीका है।

और सर्वश्रेष्ठ भाग! यह 'उपाय' मानसिक दृढ़ता के विकास के साथ पूर्णतया जुड़ा होता है।

बिना इच्छा-शक्ति और प्रेरणा के कैसे कार्य करना है, आइए, इसके आसपास नहीं देखते हैं।

इच्छा-शक्ति और प्रेरणा की अनुपस्थिति में कार्य करने के लिए महत्त्वपूर्ण बात आदतों पर भरोसा करना है। ऐसी दिनचर्या और कार्य-पद्धति बनाएँ, जो आपको स्वचालित यंत्र पर कार्य करने के लिए प्रेरित करे। जब यह दिनचर्या स्थापित हो जाए तो आप निर्णय क्लांति के शक्तिहीन पीड़ित नहीं होंगे। आपको अपनी परिस्थितियों में बदलाव लाने हेतु प्रेरित महसूस होने के लिए इंतजार करने की जरूरत नहीं पड़ेगी। आपकी आदतें आपको संकेत देंगी। और आपकी आदतें जितना अनुकूल होंगी, आपके लिए अपने लक्ष्य के अनुसार विकल्प चुनना उतना ही ज्यादा आसान होगा।

आइए, कार्यस्थल पर थकाऊ व तनावपूर्ण दिन बिताने के बाद अपने घर वापस आने के उदाहरण पर आते हैं। आप या तो व्यायाम करने जा

सकते हैं या टी.वी. देख सकते हैं। यदि आप शारीरिक रूप से तंदुरुस्त रहना चाहते हैं और काम करने के बाद आमतौर पर व्यायाम करने जाते हैं तो आपको ऐसा रोज करने में आसानी होगी। यहाँ पर आदत उत्पन्न हो गई है। आपका मन मौजूदा दिनचर्या का अभ्यस्त हो गया है और वह आपको इसके अनुसार कार्य करने के लिए संकेत करेगा, भले ही आपके लिए काउच पर बैठना तथा टी.वी. देखना ज्यादा तत्काल संतुष्टि प्रदान करनेवाला हो।

हमने पहले ('मानसिक दृढ़ता और आपकी आदतें' भाग में) आदतों के महत्त्व के बारे में चर्चा की थी। हमने इस बारे में बात की कि कैसे प्रतिकूल समय में उसने हमें सँभाले रखा। यही कारण है कि वे मानसिक दृढ़ता के विकास के महत्त्वपूर्ण अवयव हैं।

यहाँ पर इच्छा-शक्ति और प्रेरणा के विपरीत अपनी विश्वसनीयता को पास में रखना जरूरी था। संक्षेप में, आप हमेशा आदतों पर भरोसा कर सकते हैं।

प्रेरणा एक ऐसा विषय है, जिसका गहराई से अध्ययन करना जरूरी है। इसके पीछे बहुत अधिक विज्ञान है और यह अविश्वसनीय रूप से दिलचस्प है। लेकिन यह चर्चा इस पुस्तक के दायरे से बहुत दूर है।

अभ्यास-12

जब आप कुछ खुशनुमा चीज करने के लिए आवेग को महसूस करते हैं तो आवेग पर कार्य करने से पहले 5 मिनट तक ध्यान लगाएँ। टाइमर सेट करें। उसके बाद अपनी आँखें बंद करें और अपनी साँसों पर ध्यान दें।

यह सामान्य अभ्यास आपके मन को आत्म-नियंत्रण करने के लिए प्रशिक्षित करेगा। यह तकलीफ झेलने का आदी होने और बिना महत्त्वपूर्ण असुविधा का अनुभव किए संतुष्टि को टालने का एक आसान तरीका है।

आवश्यक समय : 5 मिनट

अभ्यास-13

पाँच ऐसी चीजें लिखें, जो आपको कार्य करने के लिए प्रेरित करती हैं। शायद यह 'आत्म-सुधार' पुस्तक के पढ़ने का कार्य हो सकता है। शायद आप किसी निश्चित प्रकार का संगीत सुन सकते हैं, या आप जब एक समान मानसिकता के व्यक्तियों के साथ समय बिताते हैं तो आप विशेष रूप से प्रेरित हो सकते हैं।

आगे ऐसी पाँच चीजें लिखें, जो आपकी प्रेरणा को गायब कर देती हैं। इसमें मीठा भोजन करना, अपनी पूर्णतावादी प्रवृत्ति को कायम रखना या निराशावादी लोगों के साथ समय बिताना शामिल हो सकता है।

इस अभ्यास से आपकी प्रेरणा पर वातावरण का प्रभाव स्पष्ट होगा। एक बार जब आप उनसे अवगत हो जाते हैं तो आप समझदारीपूर्वक सामंजस्य स्थापित कर सकते हैं, जो आपके दीर्घकालीन लक्ष्य को पूरा करे।

आवश्यक समय : 10 मिनट

□

आत्म-अनुशासन की भूमिका

जब मैंने कॉरपोरेट अमेरिका में काम किया था तो मैंने एक साइड बिजनेस शुरू किया। मैंने उसका अपने घर से संचालन शुरू किया। मैं रोज सुबह 4 बजे जाग जाया करता था और ऑफिस जाने के समय तक उस बिजनेस के लिए काम करता था।

उसके बाद शाम को घर लौटने के बाद मैं दोबारा काम शुरू कर देता था। अंत में आधी रात को मैं बिस्तर पर जाता था, 4 घंटे सोता था और अगली सुबह दोबारा यही प्रक्रिया शुरू कर देता था।

इसे मैंने कई वर्षों तक किया (कॉफी मेरी सबसे घनिष्ठ साथी थी)।

वह चीज (कॉफी के अलावा), जिसकी वजह से ऐसा संभव हुआ, वह आत्म-अनुशासन था। यह इच्छा-शक्ति नहीं थी, यह प्रेरणा नहीं थी। यह अपने आप को ऐसा करने के लिए मजबूर करने का कार्य था, जो स्वाभाविक रूप से मेरे अंदर कई दिनों के बाद भी वास्तविक रूप से नहीं आया। यह अपने आवेगों को नियंत्रित करने, तत्काल संतुष्टि को त्यागने और अत्यंत असुविधा को सहन करने का मामला था।

यह स्वास्थ्यकर नहीं था। ऐसा लंबे समय तक भी नहीं होने वाला था। हालाँकि मैं अपना व्यवसाय बढ़ाने में सक्षम रहा था, लेकिन मेरा स्वास्थ्य—भावनात्मक व शारीरिक दोनों—प्रभावित हुआ।

लेकिन मुझे इस आत्म-आरोपित चुनौती से अनुशासन के बारे में एक महत्त्वपूर्ण सीख मिली। पहली, मैंने पाया कि यदि हम पर्याप्त रूप से अपने

लक्ष्य पर ध्यान देते हैं तो किसी भी चीज को बरदाश्त करने के लिए स्वयं को मजबूर कर सकते हैं। यह दृढ़ता टाल–मटोल, अनिश्चितता, डर और आलसीपन पर नियंत्रण करने में हमारी मदद कर सकती है।

दूसरे, मैंने सीखा कि मानसिक दृढ़ता के लिए आत्म–अनुशासन जरूरी था। आप दृढ़ता को विकसित किए बिना आत्म–अनुशासन को विकसित नहीं कर सकते हैं। एक तरह से आत्म–अनुशासन उत्पन्न करना मानसिक रूप से दृढ़ होने के लिए प्रशिक्षण है। यह 'बूट कैंप' का एक रूप है।

मैं इस भाग में आपसे साझा करूँगा कि अनुशासन उत्पन्न करने में मेरे लिए क्या चीज काम आई! यदि आप पहले से ही बहुत अधिक अनुशासित हैं तो आप इस भाग को छोड़कर अगले भाग की तरफ आगे बढ़ सकते हैं। लेकिन यदि आपको अपनी वचनबद्धता से जुड़े रहने, अपने लक्ष्यों के प्रति कार्य करने और असुविधा को सहने में कठिनाई होती है तो आप इस भाग को लाभप्रद पाएँगे।

आइए, आत्म–अनुशासन और इच्छा–शक्ति के बीच अंतर का परीक्षण करते हुए शुरू करते हैं।

□

आत्म-अनुशासन बनाम इच्छा-शक्ति

कई लोग यह सोचते हैं कि आत्म-अनुशासन और इच्छा-शक्ति एक ही चीज है। लेकिन आप पहले से ही जानते हैं कि इनके अर्थ अलग-अलग हैं। जैसा कि मैंने पिछले भाग में बताया है, इच्छा-शक्ति एक सीमित संसाधन होता है, जो जल्दी ही समाप्त हो जाता है। हमारे वाहन में ईंधन की तरह हम इसका जितना अधिक प्रयोग करते हैं, यह उतनी ही जल्दी समाप्त हो जाती है।

जब मैं कॉरपोरेट अमेरिका में काम कर रहा था और जब मैंने अपना साइड बिजनेस शुरू किया था, मेरे दोस्तों और परिवार के लोगों ने टिप्पणी की थी कि "तुम्हारे पास बहुत अधिक इच्छा-शक्ति है।" लेकिन वास्तव में ऐसा नहीं था। इच्छा-शक्ति ने कभी भी मेरे स्व-प्रेरित दंड (कम सोना और संतुष्टि को टालना) के समय में मुझे नहीं सँभाला।

निश्चित रूप से इच्छा-शक्ति उपयोगी है। ऊर्जा का अस्थायी भंडार हमें उद्देश्यपूर्ण काररवाई करने के लिए प्रेरित करता है, जो हमारी तत्काल इच्छाओं के विपरीत है। लेकिन एक संरचित तरीके से बार-बार ऐसा करना? इसके लिए आत्म-अनुशासन की जरूरत होती है।

इच्छा-शक्ति आपको कल सुबह 5 बजे बिस्तर से बाहर निकलने में मदद करेगी, जब आप गरम बिस्तर में सो रहे होंगे। आत्म-अनुशासन आपको ऐसा रोज सुबह करने में मदद करेगा।

इच्छा-शक्ति आपको आत्म-नियंत्रण प्रदान करेगी, जो इस दोपहर बाद

जंक फूड खाने की आपकी इच्छा को दबाएगी। आत्म-अनुशासन आपको आत्म-नियंत्रण प्रदान करेगा, जिसकी आपको निकट भविष्य में जंक फूड से बचने के लिए आवश्यकता पड़ेगी।

इच्छा-शक्ति ऐसे दोस्त की तरह है, जो कभी-कभी आपके साथ होता है, लेकिन अधिकांश समय में नहीं होता है। उस पर भरोसा नहीं किया जा सकता है। आत्म-अनुशासन ऐसे दोस्त की तरह है, जो हमेशा आपके साथ होता है, चाहे कोई भी परिस्थिति हो। जब आप इस 'दोस्ती' को विकसित कर लेते हैं तो आप पूरे आत्मविश्वास के साथ इस पर भरोसा कर सकते हैं।

इसलिए आइए, इस बात पर चर्चा करते हैं कि इसे कैसे विकसित करना है ?

आत्म-अनुशासन में महारत हासिल करने के पाँच रहस्य

अनुशासन विकसित करने के लिए कोई भी रहस्य नहीं है। इसके लिए समय और प्रयास की जरूरत पड़ती है, जैसे आदत उत्पन्न करने के लिए। और कोई अन्य आदत उत्पन्न करने की तरह आप असफलता एवं निराशा को इस प्रक्रिया का हिस्सा होने की उम्मीद कर सकते हैं।

समय से पहले इसे जानना उपयोगी है। यदि आप यह मानते हुए भूल करते हैं कि आप रोबोट नहीं हैं, आप किसी अवसर पर भूल करेंगे। इससे निराशा कम हो जाएगी और इससे आपको खुद को माफ करने तथा जिम्मेदारी निभाने में आसानी होगी।

निम्नलिखित पाँच 'रहस्य' (ऐसा मैं अपने गाल में दृढ़तापूर्वक लगी अपनी जीभ से कहता हूँ) मेरे लिए अमूल्य साबित हुए, जबकि मैं आत्म-अनुशासन उत्पन्न करने का प्रयास कर रहा था। मैं शर्त लगा सकता हूँ कि वे आपके लिए भी उतने ही उपयोगी साबित होंगे।

रहस्य-1 : एक मोह-मुक्त माहौल बनाएँ

जब आप इन्हें अपने माहौल से निकाल देंगे तो आपके लिए प्रलोभन का

विरोध करना आसान हो जाएगा। उदाहरण के तौर पर, मान लें कि आपको जंक फूड का विरोध करने में कठिनाई हो रही है। इसका समाधान यह है कि आप वर्तमान में अपने घर, कार्यालय, पोर्टेबल कक्ष और डेस्क में मौजूद सभी जंक फूड्स को हटा दें। पहुँच हमारे आवेगों को प्रेरित करती है। पहुँच की कमी से हमें उन पर नियंत्रण करने में मदद मिलती है।

रहस्य-2 : छोटे कदम आगे बढ़ाएँ

पुनः यह किसी अन्य आदत को उत्पन्न करने जैसा ही है। रातोरात बहुत अधिक अनुशासित होने की महत्त्वाकांक्षा न रखें। इसके बजाय कुछ हफ्तों (और शायद महीनों) में छोटे, उद्देश्यपूर्ण एवं लगातार कार्य करते रहने की योजना बनाएँ और उसके बाद बीच में साधारण जीत का जश्न मनाएँ।

छोटे कदम उठाने और छोटी सफलताओं को स्वीकार करने से आगे की प्रगति आसान एवं ज्यादा फलदायी बन जाती है। यह आपके मन को यह स्वीकार करने के लिए प्रशिक्षित करती है कि आप संचालक हैं, आप नियंत्रण में हैं।

रहस्य-3 : कार्य-योजना बनाएँ

इसे संयोग पर न छोड़ें। ऐसी संभव रणनीति बनाएँ, जो आपको लगातार केंद्रित कार्य करने का संकेत करती है।

उदाहरण के तौर पर, हम कहते हैं कि आप हर सुबह पत्रकारिता शुरू करना चाहते हैं। ऐसा न मानें कि आप ऐसा केवल इसलिए करेंगे, क्योंकि यह आपका इरादा है। अपने कैलेंडर में 'पत्रकारिता' को शामिल करते हुए आगे की योजना बनाएँ। प्रत्येक सुबह 15 मिनट का समय निकालें (जैसे—सुबह 6.30 बजे से 6.45 बजे तक) और इसे अपने साथ न छोड़ा जानेवाला अपॉइंटमेंट मानें।

रहस्य-4 : अल्पकालिक अप्रियता के आदी बनें

अल्पकालिक तकलीफ आत्म-अनुशासन विकसित करने का एक अपरिहार्य हिस्सा है। अस्वस्थता को सहन करना, अपने लक्ष्यों को पूरा करने में संतुष्टि को टालना सीखना जरूरी है। इसका विकल्प अपने आवेगों

को तुरंत नियंत्रित करना है। उदाहरण के तौर पर, यदि हम जंक फूड खाने की लालसा रखते हैं तो आमतौर पर हम इसे खा लेंगे। यदि हम अपनी नौकरी से बीमार हो जाते हैं तो नौकरी छोड़ देते हैं। यदि हम किसी मित्र पर नाराज हो जाते हैं तो उस व्यक्ति के साथ दोस्ती तोड़ देते हैं। यह अनुशासन के विपरीत है।

जब आप निराश, परेशान या अन्यथा मुसीबत में पड़ा हुआ महसूस करते हैं तो इन भावनाओं को गले लगाएँ। इनकी उपेक्षा न करें। इनमें फँसे बिना इन्हें स्वीकार करें। आप जितना अधिक ऐसा करेंगे, उतना ही अपने आवेग को नियंत्रित करने में मजबूत होंगे।

रहस्य-5 : अपने सामने कार्य के अलावा कोई अन्य चीज न करने के लिए वचनबद्ध हों

उपन्यासकार रेमंड चांडलर ने एक बार अपने मित्र एलेक्स हैरिस को अपने लेखन अनुशासन के बारे में बताया। चांडलर ने एक पत्र में लिखा—'या तो लिखें या कुछ न लिखें...मैंने देखा कि यह काम करता है। दो बहुत ही आसान नियम—(क) आपको लिखना नहीं है, (ख) आप कुछ और नहीं कर सकते हैं।'

यह परिप्रेक्ष्य मेरे लिए एक उल्लेखनीय मदद थी, जब मैं कॉरपोरेट में अमेरिका में काम कर रहा था और साइड बिजनेस का संचालन कर रहा था। आँखें मूँदकर और कॉफी का इंतजार करते हुए मैं खुद से कहूँगा, "अभी आपको यह वेबसाइट नहीं बनानी है। आप ऐसा न करने का विकल्प चुनें। लेकिन आपको यहाँ पर बैठना है और कुछ नहीं करना है।" मैं हमेशा काम पर लग गया।

आत्म-अनुशासन कई रूपों में आता है। लेकिन यह अंततः हमारे आवेगों का सामना करने और परिचर की असुविधा के बावजूद हमारी योजनाओं को पूरा करने के लिए प्रेरित होता है। हम ऐसा करना सीख सकते हैं और ऐसा करने में अपनी मानसिक दृढ़ता को सहारा देने का मार्ग प्रशस्त करते हैं।

अभ्यास-14

पंद्रह ऐसी चीजें लिखें, जिनमें अनुशासन का विरोध करने या अनुशासन बनाए रखने की आवश्यकता होती है। ये ऐसी चीजें होनी चाहिए, जिनका आप रोजाना सामना करते हैं। शुरुआत करने के लिए नीचे कुछ उदाहरण दिए गए हैं—

- सिंक में रखे हुए बरतन धोना।
- दिन का लंबा समय बिताने के बाद टी.वी. देखना भूल जाना।
- सुबह उठने के बाद अपना बिस्तर समेटना।
- सुबह तड़के दौड़ने जाना।
- कार्यालय के समय गपशप करने से बचना।
- सुबह के समय ध्यान लगाना।
- काम करते समय अपने फोन पर ध्यान न देना।

अगले सप्ताह तक ऐसी चीजें करते हुए आत्म-अनुशासन का अभ्यास करने के लिए वचनबद्ध होना, जिन्हें टाला जा सकता था और ऐसी चीजों को टालना (कम-से-कम अस्थायी), जिन्हें आपने करने की प्राथमिकता दी थी। यह अभ्यास आपको असुविधा के छोटे मुकाबलों को सहने के लिए प्रशिक्षित करेगा।

आवश्यक समय : 10 मिनट

□

त्यागने की इच्छा को कैसे रोकना है?

आइए, एक त्वरित समीक्षा करते हैं! हमने इच्छा-शक्ति और प्रेरणा के बारे में चर्चा की। आपने सीखा कि ये कैसे काम करती हैं और क्यों ये भरोसेमंद नहीं हैं। हमने आत्म-अनुशासन के बारे में भी बातें कीं।

आपने सीखा कि मानसिक दृढ़ता में महारत हासिल करने के लिए यह एक महत्त्वपूर्ण चरण है (कुछ युक्तियों के साथ-साथ, जो आपको विकसित होने में मदद करेंगी)।

इस भाग में हम इन धारणाओं का तार्किक निष्कर्ष निकालेंगे।

मानसिक दृढ़ता का मुख्य पहलू जीवन की बाधाओं और चुनौतियों को निपटाने की क्षमता है, जब हमारा-उनका सामना होता है। यह छोड़ देने से इनकार करने के बारे में है। यह अपनी योजनाओं में लीन रहने और चीजों के बिगड़ जाने पर अपनी भावनाओं को प्रबंधित करने के बारे में है।

जब हम अत्यधिक विपत्ति एवं कष्ट का अनुभव करते हैं तो मानसिक दृढ़ता और पराजय व निराशा के प्रति आत्मसमर्पण करने से मना करना महत्त्वपूर्ण होता है। उदाहरण के तौर पर, जब हम नौकरी खो देते हैं, तलाक से गुजरते हैं या अपने प्रियजन की मृत्यु होते हुए देखते हैं तो यह मददगार होता है। लेकिन यह तब मददगार होता है, जब हम जीवन की छोटी-मोटी भविष्यवाणी करने के लिए मजबूर होते हैं। वास्तव में यह ऐसी कम क्षणिक परिस्थितियाँ हैं, जो हमें दैनिक आधार पर मानसिक दृढ़ता का प्रयोग करने और उससे लाभ उठाने का अवसर प्रदान करती हैं।

उदाहरण के तौर पर, मान लें कि आप स्वस्थ आहार लेने की कोशिश कर रहे हैं। एक दिन किसी चीज ने आपको जंक फूड खाने के लिए प्रेरित किया और आपने पूरी दोपहर डोनट्स, आइसक्रीम एवं चॉकलेट ठूँस-ठूँसकर खाने में बिताई। आप निस्संदेह स्वयं निराश महसूस करेंगे। आपका आंतरिक आलोचक आपसे आहार छोड़ने के लिए कहेगा; आपको यह समझाने का प्रयास करेगा कि आपके अंदर इसको नियंत्रित करने के लिए संकल्प की कमी है। यदि आप मानसिक रूप से दृढ़ नहीं हैं तो आप इसे छोड़ने से मना कर देंगे। आप एक दिन को अस्थायी अवरोध मानेंगे और अगले दिन से अपना आहार शुरू कर देंगे।

हम ऐसी छोटी-छोटी परिस्थितियों का अनुभव रोज करते हैं। हम अपनी नौकरी, अपने घरों में इनका सामना करते हैं, जब हम गलती करते हैं और जब हम दोस्तों व प्रियजनों के साथ समय बिताते हैं। यह ऐसी जगह होती है, जहाँ मानसिक दृढ़ता बड़े पैमाने पर लाभांश प्रदान करती है। अपनी रोजाना की जिंदगी में हम अनिवार्य रूप से जीवन की छोटी, फिर भी परेशान करनेवाली कठिनाइयों का सामना करते हैं।

आइए, देखते हैं कि हम इसे क्यों छोड़ देते हैं।

छोड़ने के पाँच अत्यंत साधारण कारण

हम स्वयं को 'छोड़नेवाला' कहलाना पसंद नहीं करते हैं। लेकिन हम में से अधिकांश लोग, अपने जीवन में कुछ बिंदुओं पर, अपने सामने आई बाधाओं के कारण लक्ष्यों को छोड़ देते हैं। हमने हार मान ली। हम दृढ़ता के लिए तैयार नहीं थे।

महत्त्वपूर्ण प्रश्न यह है कि क्यों ? जब हम कारणों को उजागर कर देते हैं तो हम उनके साथ उपयोगी तरीके से निपट सकते हैं। हम अपनी मानसिकता को समायोजित कर सकते हैं, स्वस्थ आदतें एवं दिनचर्या विकसित कर सकते हैं और इस तरह प्रक्रियाओं को लघु परिपथ पर रखते हैं, जो हमें जीवन कठिन होने पर आत्मसमर्पण करने के लिए प्रेरित करती हैं।

निम्नलिखित पाँच कारण हैं, जब अधिकांश लोग अवरोधों का सामना करते समय हार मान लेते हैं।

1. हम अपनी प्रतिबद्धताओं को 'खुद' नहीं करते हैं

क्या आपने कभी ऐसा लक्ष्य तय किया है, जो आपके लिए महत्त्वहीन था? आपने शायद इसे गंभीरता से नहीं लिया।

मैंने इसे जितना याद किया है, उससे अधिक बार किया है। और अनिवार्य रूप से, मैंने कठिनाई के पहले संकेत पर उन लक्ष्यों को छोड़ दिया। ऐसा तब होता है, जब हम उन चीजों के स्वामित्व का सही अर्थ महसूस नहीं करते हैं, जिन्हें हम पूरा करते हैं।

यह आपके द्वारा निर्धारित प्रत्येक लक्ष्य के लिए आपको पूरी तरह से सुझाव देने के लिए नहीं है। इसके विपरीत लक्ष्यों को छोड़ दिया जाना चाहिए, जब वे आपकी लंबी अवधि की आकांक्षाओं के अनुरूप नहीं होते हैं। लेकिन यदि आप दृढ़ बने रहना चाहते हैं, जब जीवन कठिन होता है तो आपको अपनी इच्छा के अनुरूप परिणाम प्राप्त करने चाहिए। आपको इसके लिए जवाबदेह महसूस करना चाहिए।

2. हम प्रलोभन के प्रति आत्मसमर्पण करने के लिए खुद को प्रशिक्षित करते हैं

इस प्रकार हम अच्छी आदतें विकसित करते हैं तो हम बुरी आदतें भी विकसित करते हैं। इनमें से एक बुरी आदत अपने आवेगों के आगे झुक जाना है। हम जितना अधिक ऐसा करते हैं, आदत उतनी ही मजबूत बन जाती है; और जब हम प्रतिकूलता का सामना करते हैं तो हम इसे उतनी ही जल्दी छोड़ना चाहेंगे।

उदाहरण के तौर पर, यदि आपने कभी स्वस्थ आहार लेने का प्रयास किया है (और हम में से किसने नहीं किया है), आपने जंक फूड के प्रलोभन का अनुभव किया है। शायद आपने इसे अपनाने के लिए तर्क दिया होगा (उदाहरण के तौर पर, 'केवल एक कौर खा लेने से मुझे नुकसान नहीं

पहुँचेगा')। समस्या यह है कि मन के पास बार-बार ऐसी छूट देने के लिए हमें समझाने का एक गुप्त तरीका है। जैसे ही हम ऐसा करते हैं, हम अपने आवेगों के प्रति प्रतिक्रिया करने के लिए खुद को प्रशिक्षित करते हैं।

इसके विपरीत यदि हम अपने आवेगों को बार-बार रोक लेते हैं तो अपने मन को अल्पकालीन तकलीफ को सहने के लिए प्रशिक्षित करते हैं; और इससे प्रलोभन का पहला संकेत मिलते ही इसके सामने हार मानने की हमारी प्रवृत्ति कम होने लगती है।

3. हम आसानी से विचलित हो जाते हैं

हमारा मन हमेशा आसान रास्ता खोजता है। यह तर्कसंगत है। हमें अपना वांछित परिणाम हासिल करने के लिए आवश्यकता से अधिक प्रयास क्यों करना चाहिए? हमें क्यों इस सिरे पर आवश्यकता से अधिक तनाव सहना चाहिए? संक्षेप में, यदि हमें ऐसा करने की कोई आवश्यकता नहीं है तो हमें अपने आपको संकट और परेशानी में क्यों डालना चाहिए?

फिर यह मानसिकता पूरी तरह से तर्कसंगत है। इसलिए जब हम बाधाओं का सामना करते हैं तो हमारा मन तुरंत उन रास्तों की तलाश करता है, जिनमें कम प्रतिरोध होता है। समस्या यह है कि ऐसे रास्तों की पेशकश करनेवाले ध्यान भंग करनेवाले अनगिनत साधन हैं। इसमें सोशल मीडिया, नेटफ्लिक्स, हमारे फोन और हमारी कई आदतें शामिल हैं। यहाँ तक कि हम आसान लक्ष्यों से भी भटक जाते हैं।

जब हम भटके हुए होते हैं तो हमारी कठिनाइयों का सामना करते समय अपने कार्यों एवं परियोजनाओं को त्याग देने की संभावना अधिक होती है। हम ऐसी आसान गतिविधियों को ढूँढ़ते हैं, जिनमें कम कठिनाई और कम जटिलताएँ हों।

सौभाग्य से हम ध्यान भंग करनेवाले इन साधनों को नजरअंदाज करने के लिए खुद को प्रशिक्षित कर सकते हैं। किसी अच्छी आदत को विकसित करने की तरह इसमें भी समय लगता है।

4. हम प्रतिफल के बारे में अस्पष्ट होते हैं

वह सबकुछ, जो हम करते हैं, उद्देश्य के साथ करते हैं। हम विशेष परिणाम प्राप्त करने की दिशा में काम करते हैं, क्योंकि इस परिणाम का प्रतिफल हमारे लिए महत्त्वपूर्ण है।

उदाहरण के तौर पर, हम कॉलेज में अच्छे अंक प्राप्त करने के लिए कड़ी मेहनत से पढ़ाई करते हैं, क्योंकि सम्मानपूर्वक स्नातक की डिग्री हासिल करने से हमारी नौकरी प्राप्त करने की संभावना में सुधार होता है। हम जंक फूड खाने के आग्रह का विरोध करते हैं, क्योंकि स्वस्थ भोजन करके हम अपना वजन कम कर सकते हैं और अधिक ऊर्जावान् महसूस कर सकते हैं। हम अपने समय, प्रयास और भावनाओं का चुनिंदा रिश्तों में निवेश करते हैं; क्योंकि हम चाहते हैं कि ये रिश्ते हमारे जीवनकाल के लिए लाभदायी हों।

जब हम अपने प्रयासों से मिलनेवाले लाभ के बारे में स्पष्ट होते हैं तो हम अपने रास्ते में आनेवाली कठिनाइयों का सामना करने के लिए अधिक इच्छुक होते हैं। जब ये लाभ हमारे लिए अस्पष्ट होते हैं तो हम हार मानने के लिए अधिक इच्छुक होते हैं। हम अधिकारपूर्वक अपने आप से पूछते हैं, "इस कष्ट को सहन करने का क्या मतलब है ?"

यही कारण है कि हम जो कुछ भी करते हैं, उसका आनंद उठाने के लिए जो भुगतान करते हैं, उसके बारे में स्पष्ट होना चाहिए। इस भुगतान की जानकारी से हमें जटिलता के समय हार मान लेने के आग्रह का विरोध करने में मदद मिलेगी।

5. हम अत्यधिक आशावादी उम्मीदों का लाभ उठाते हैं

आशावादी होना अच्छा है। वास्तव में जैसा कि हमने 'मानसिक रूप से दृढ़ लोगों की शीर्ष सात विशेषताएँ' भाग में चर्चा की है, मानसिक दृढ़ता विकसित करने के लिए आशावाद महत्त्वपूर्ण है। लेकिन यह व्यावहारिक और सतर्क होना चाहिए।

जब हम अत्यधिक आशावादी होते हैं तो हम संभावित बाधाओं एवं

चुनौतियों का अनुमान लगाने में असफल हो जाते हैं। हम उनके लिए एक खाली स्थान विकसित करते हैं। इसके परिणामस्वरूप हम उपयोगी व उद्‌देश्यपूर्ण ढंग से ऐसी बाधाओं के प्रति प्रतिक्रिया करने के लिए तैयार नहीं हैं। यह अनिवार्य रूप से हतोत्साह और हताशा की ओर ले जाता है, जिससे हमें हार मानने की अधिक संभावना होती है।

बेशक, किसी विशेष प्रयास के दौरान गलत तरीके से हर चीज का अनुमान लगाने का कोई तरीका नहीं है; लेकिन हम इस उम्मीद से शुरुआत करते हुए अत्यंत आशावाद के खिलाफ अपने मन की सुरक्षा कर सकते हैं कि चीजें प्राय: गलत हो सकती हैं। यह अकेले ही हमें आवेग का विरोध करने में मदद करेगा, अगर (या जब) चीजें ऐसा करती हैं।

अपने आप से ये पाँच प्रश्न पूछें, जब आपको छोड़ने का मन करे

जब भी आप हार मानने के लिए लालायित होते हैं, खुद से प्रश्न पूछना उपयोगी होता है। ये प्रश्न, जिन्हें आप नीचे पाएँगे, स्पष्ट करेंगे कि क्या हार मानने की प्रेरणा भावनात्मक आवेग या तर्कसंगत निर्णय से मिली है?

जैसा कि ऊपर उल्लेख किया गया है, हार मान लेना उचित विकल्प हो सकता है, विशेष रूप से जब लक्ष्य हमारे लिए महत्त्वपूर्ण नहीं हो। लेकिन यदि परिणाम हमारे लिए जरूरी है तो हमें जाँच करनी चाहिए कि क्या हार मान लेने की इच्छा का कोई मतलब है या नहीं?

और मामले की तह तक जाने के लिए कई प्रश्न पूछने पर जोर दिया जाता है—

1. आप क्यों छोड़ना चाहते हैं?

क्या इस कोशिश के लिए बहुत ज्यादा प्रयत्न करने की आवश्यकता पड़ती है? बहुत अधिक समय? क्या इसमें बहुत ज्यादा तनाव शामिल है? यदि आप जानते हैं कि आप क्यों छोड़ना चाहते हैं, आप इस संबंध में तर्कसंगत निर्णय कर सकते हैं कि क्या ऐसा करना व्यावहारिक है?

2. क्या इसका प्रतिफल आपकी कठिनाई की पूरी तरह से क्षतिपूर्ति करता है?

यदि आप खुद को लोकसिद्ध रिंगर के माध्यम से पेश कर रहे हैं तो प्रतिफल सार्थक होना चाहिए। यदि ऐसा नहीं है तो पीड़ा और शोक क्यों है? यदि प्रतिफल सार्थक है तो खुद से यह प्रश्न पूछना उपयोगी चेतावनी प्रदान करता है।

3. आपका उद्देश्य क्या है?

यह भूलना आसान है कि कोई चीज हमारे लिए महत्त्वपूर्ण क्यों है? हम अपने वांछित परिणाम प्राप्त करने की प्रक्रिया में खो जाते हैं और उस कारण की उपेक्षा करना शुरू कर देते हैं, जिसे हम इससे पहले प्राप्त करना चाहते थे।

स्वयं से यह प्रश्न पूछने से आपको अपने उद्देश्य की समीक्षा दोबारा करने का मौका मिलता है। यदि यह अभी भी जरूरी है तो आप इसे पूरा करने का संकल्प कर सकते हैं, अन्यथा आप अफसोस किए बिना समझदारी से और निस्संदेहपूर्वक प्रयत्न करना छोड़ सकते हैं।

4. क्या आप कमजोर संकल्प के कारण या अपना दृष्टिकोण बदल जाने के कारण छोड़ने के लिए मजबूर हैं?

जब मैंने पहले सीखा कि वेबसाइट कैसे बनाई जाती है, मैं उन सभी चीजों को सीखने के लिए प्रोत्साहित था, जिन्हें मैं अंतर्निहित कोड के बारे में कर सकता था। लेकिन बीच में मेरा दृष्टिकोण बदल गया। वेबसाइट बनाने में मेरी दिलचस्पी कम हो गई; जबकि ऐसी वेबसाइट रखने में मेरी रुचि अत्यधिक प्राथमिकता बन गई, जिसे देखकर लोग खुश हों।

इसलिए मैंने उस मूल प्रयास को छोड़ दिया और अपनी वेबसाइट बनवाने के लिए एक व्यक्ति को नियुक्त किया। मैंने कोड सीखने के अपने लक्ष्य को छोड़ दिया; लेकिन ऐसा करने के पीछे ठोस कारण था।

यदि आप छोड़ने के लिए इच्छुक होते हैं तो खुद से यह गंभीर प्रश्न

पूछें। यदि आपका दृष्टिकोण बदल गया है तो इस लक्ष्य को छोड़ देना सही विकल्प हो सकता है। हालाँकि यदि आवेग कमजोर संकल्प से उत्पन्न होता है तो इसे प्रकट करने से आप अपनी प्रतिबद्धता को नवीनीकृत कर सकते हैं।

5. क्या आपको इस लक्ष्य को छोड़ देने का निर्णय लेने पर अफसोस होगा?

यह प्रश्न पूछने से यह अनुमान लग जाता है कि आज आपने जो निर्णय लिया है, उसके परिणामस्वरूप आप कैसा महसूस करेंगे?

उदाहरण के तौर पर, मान लें कि आप स्वस्थ आहार लेने की कोशिश कर रहे हैं। यदि आप इस प्रयास को छोड़ने का निर्णय लेते हैं तो आप एक साल बाद आज लिये गए निर्णय के बारे में कैसा महसूस करेंगे? क्या भविष्य में आपको अफसोस नहीं होगा? या भविष्य में आप इस निर्णय के लिए खुद को दोष देंगे?

यदि दूसरी बात सच होने की संभावना है तो इसे छोड़ देने के आवेग के प्रति आत्म-समर्पित होने के बजाय अपनी वचनबद्धता को नवीनीकृत करने का यह सही समय है।

पुनः किसी कार्य, परियोजना या लक्ष्य को छोड़ना गलत नहीं है, यदि यह आपके दीर्घकालीन दृष्टिकोण से नहीं जुड़ा है। लेकिन यदि आप संकल्प की कमी के कारण इसे छोड़ने के लिए प्रेरित होते हैं तो आवेग की जाँच करना और यह निर्धारित करने के लिए खुद से प्रश्न पूछना जरूरी है कि आपको इसे रद्द करना चाहिए या नहीं?

अभ्यास-15

किसी ऐसे व्यक्ति के बारे में सोचें, जिसने अपनी इच्छा-शक्ति, संकल्प एवं दृढ़ता से कठिन बाधाओं और महत्त्वपूर्ण प्रतिकूलताओं का सामना किया है। यह व्यक्ति आपका दोस्त, परिवार का सदस्य, परिचित या यहाँ तक कि ऐसा कोई प्रसिद्ध व्यक्ति हो सकता है, जिससे आप कभी नहीं मिले हैं।

उदाहरण के तौर पर, मेरा एक दोस्त है, जिसने व्यक्तिगत स्वास्थ्य समस्या के बावजूद एक संपन्न कंपनी बनाई। इसके अतिरिक्त परिवार के एक घनिष्ठ सदस्य ने वर्षों तक गंभीर वित्तीय संकट का सामना किया और अपने तथा अपने परिवार के लिए एक सफल व सम्मानजनक जीवन बनाने के लिए उनसे जीता।

एक महान् व्यक्ति माइकल जॉर्डन का उदाहरण लेते हैं, जिन्हें हाई स्कूल बास्केट बॉल टीम में शामिल होने से अनौपचारिक रूप से रोका गया। किंतु वह सबसे महान् खिलाड़ी बनने के लिए दृढ़ रहे।

व्यक्ति के प्रयासों, कुंठाओं और अंतिम सफलता पर विचार करें। आप खुद की तुलना इस व्यक्ति से न करें। केवल उस लचीलेपन और धैर्य पर विचार करें, जिसे उसने अपने कैरियर की ऊँचाई पर चढ़ने में प्रदर्शित किया।

अब एक व्यक्तिगत स्थिति का वर्णन करें, जिसमें आपने हार मान ली और अब अपने निर्णय पर अफसोस जाहिर कर रहे हैं। उन तीन चीजों को लिखिए, जिन्हें आप उसी दृष्टिकोण के साथ दृढ़ रहने के लिए कर सकते हैं, जैसा कि आपने अभी सोचा था।

आवश्यक समय : 15 मिनट

□

उदासी का अच्छा पहलू

हम में से अधिकांश लोग यह सोचकर बड़े हुए कि बोरियत से बचना है। हमें बताया गया कि यह उत्सुकता की कमी, रुचियों की कमी और खुद का मनोरंजन करने में असमर्थता से उपजी है। हमें बताया गया था कि "केवल उबाऊ लोग ही उदास होते हैं।"

वास्तव में उदासी नकारात्मक धारणाओं से आती है। यह हैरान करनेवाली बात है कि वयस्क होने पर उदासी हमें अस्थिर बना देती है। यहाँ तक कि हम में से कुछ लोग ऐसी स्थिति में होने से अपराध की भावना का अनुभव कर सकते हैं। यदि हम ऊब रहे हैं तो हम व्यस्त नहीं हैं या उपयोगी नहीं हैं, क्या यह सही है?

गलत।

सच्चाई यह है कि उदासी में कुछ भी बुरा नहीं है। वास्तव में यह एक उपहार हो सकता है। खालीपन को दूर करने का प्रयास करने के बजाय हमें खाली समय का आनंद लेना चाहिए, यहाँ तक कि उत्सव मनाना चाहिए। यह अपनी परिस्थितियों के बारे में सोचने, चिंतन करने और अपनी आत्म-जागरूकता में सुधार करने का अवसर है। ये गतिविधियाँ हमारी मनोवैज्ञानिक तत्परता को बढ़ाती हैं और ऐसा करने से हमारी मानसिक दृढ़ता बढ़ती है।

इस भाग में आप सीखेंगे कि बोरियत न केवल अपरिहार्य है, बल्कि एक आवश्यकता भी है। यह किसी भी कौशल में विशेषज्ञता हासिल करने का एक बुनियादी हिस्सा है। यह ऐसी प्रक्रिया है, जो हमारे आत्मविश्वास को बढ़ाती

है। आपको कई सुझाव भी मिलेंगे, जो आपको बोरियत से राहत दिलाने में मदद करेंगे और आप इसे गले लगाना भी सीखेंगे।

बोरियत श्रेष्ठता का मूल है

आप ऐसे कौशल के बारे में सोचें, जिसमें आपने श्रेष्ठता हासिल की है। इसके लिए आपने जितना समय और ध्यान लगाया, उसके बारे में सोचें। अपनी कला का अभ्यास करने के अनुभव के बारे में चिंतन करें। निस्संदेह, ऐसा भी समय आया होगा, जब आपने इस प्रक्रिया के दौरान बोरियत महसूस की होगी।

मन नई चीजों से प्रेरित होता है। हम नए कौशल को सीखने और उनका प्रयोग करने की संभावना से उत्साहित होते हैं। समस्या यह है कि किसी कौशल में श्रेष्ठता हासिल करने के लिए अभ्यास और दोहराव की जरूरत होती है। और जब आप किसी चीज का बार-बार अभ्यास करते हैं तो आपको बोरियत लगने लगती है। अपनी प्रवीणता बनाए रखने के लिए आपको इसे समय-समय पर जारी रखना चाहिए। लेकिन दरअसल दिमाग सो जाता है और ऑटोपायलट मोड में काम करने लगता है।

इस प्रकार बोरियत श्रेष्ठता हासिल करने की पूर्व आवश्यकता है। इस प्रक्रिया में बोरियत का अनुभव किए बिना कोई भी व्यक्ति किसी भी चीज में श्रेष्ठता हासिल नहीं कर पाता है।

उदाहरण के तौर पर, मान लें कि आपने गिटार बजाने में श्रेष्ठता हासिल की है। आपने प्रत्येक स्वर-संयोग और स्वर-ग्राम को याद करने, उन्हें स्पष्ट रूप से बजाने और किस प्रकार हर चीज एक साथ फिट बैठती है, इसे गहराई से समझने के लिए संगीत के सिद्धांत को सीखने में हजारों घंटे लगाए होंगे। वर्षों तक प्रशिक्षण के बाद आप इसके विशेषज्ञ हो जाते हैं। आपने निश्चित रूप से इस प्रक्रिया में कभी-कभी तीव्र बोरियत का अनुभव किया होगा।

इसी प्रकार से श्रेष्ठता कार्य करती है। यदि आप किसी कौशल या कला में महारत हासिल करने की योजना बना रहे हैं तो बोरियत की उम्मीद अवश्य करनी चाहिए।

श्रेष्ठता मानसिक दृढ़ता की आवश्यकता है

मानसिक दृढ़ता विकसित करने के संबंध में श्रेष्ठता हमारे लिए क्यों महत्त्वपूर्ण है ? क्योंकि श्रेष्ठता हमें नियंत्रण की समझ प्रदान करती है। जितना अधिक नियंत्रण हमें लगता है कि हमारे पास है, उतना ही हमारे अंदर आत्मविश्वास होगा कि हम बाधाओं को दूर कर सकते हैं और जटिलताओं को हल कर सकते हैं।

जब हम अपनी परिस्थितियों के लिए उपयुक्त चीजों में श्रेष्ठ नहीं होते हैं तो हमें यह आभास होता है कि हमारे पास नियंत्रण की कमी है। इस धारणा से हम सफलता हासिल करने के लिए आवश्यक कौशल में अप्रस्तुत व निरुत्साहित महसूस करते हैं। इस स्थिति में, जब हम प्रतिकूलता का सामना करते हैं तो उससे हार मान लेने के लिए ज्यादा प्रवृत्त होते हैं।

उदाहरण के तौर पर, मान लें कि आप अपने बॉस के लिए एक रिपोर्ट तैयार कर रहे हैं। यह एक जटिल रिपोर्ट है। इसमें कई स्प्रेडशीट से डेटा निकालना है। कल्पना करें कि आप समस्या से घिर गए हैं। आपने उचित डेटा निकालने के लिए जो फॉर्मूला बनाया है, वह स्पष्ट रूप से गलत है।

यदि आप स्प्रेडशीट के प्रयोग में दक्ष हैं तो आप इस मामले की जाँच करने और इस समस्या को हल करने की अपनी योग्यता में सहज महसूस करेंगे। आपके पास अपनी परिस्थितियों पर नियंत्रण करने की समझ होगी। इसके परिणामस्वरूप आप तब तक दृढ़ बने रहेंगे, जब तक यह मामला सुलझ नहीं जाता है। आप चीजों को सफल होते देखने के लिए खुद पर भरोसा करेंगे।

लेकिन मान लें कि आप स्प्रेडशीट पर कभी-कभी काम करते हैं। आप सेल्स में डेटा डाल सकते हैं और साधारण फॉर्मूला बना सकते हैं; लेकिन इसके बाद आपकी विशेषज्ञता समाप्त हो जाती है। इस स्थिति में अपने बॉस के लिए रिपोर्ट तैयार करते समय जब आपके सामने जटिल समस्या आती है तो आप नियंत्रित महसूस नहीं करेंगे। आप अंतर्निहित समस्या की जाँच करने और उसे सुलझाने में खुद को अयोग्य महसूस करेंगे। आप इसे छोड़ देने के लिए ज्यादा प्रवृत्त होंगे, भले ही ऐसा करने

से आपके बॉस नाराज हो जाएँ।

यही कारण है कि श्रेष्ठता मानसिक दृढ़ता के लिए आवश्यक है। जब हम किसी ऐसी चीज में प्रवीण होते हैं, जो हमारी परिस्थितियों के लिए उपयुक्त है, तो हमें खुद पर भरोसा होता है। हमें अपने कौशल और योग्यताओं में आत्मविश्वास होता है। यह आत्मविश्वास हमारी दृढ़ता और संकल्प को प्रबल बनाता है। हम खुद को दबाव झेलने और अपने रास्ते में आनेवाली बाधाओं को दूर करने में समर्थ होने के रूप में समझते हैं। अतः हार मान लेने की अपेक्षा हमारी आगे बढ़ने की ज्यादा संभावना होती है।

जैसा कि ऊपर उल्लेख किया गया है, प्रवीणता हमेशा बोरियत के साथ होती है। बोरियत किसी कौशल या कला में निपुण होने का स्वाभाविक हिस्सा है। इस मामले में बोरियत की उपेक्षा नहीं की जा सकती है।

इसे गले लगाना पड़ता है।

बोरियत के साथ सहज कैसे हों?

जब आप काम करते समय बोरियत महसूस करते हैं तो आप यह याद करें कि आप क्यों इस काम को पहले कर रहे हैं?

आप क्या चीज पूरी होने की आशा करते हैं? यह परिणाम आपके लिए क्यों जरूरी है?

आइए, अपने पहले के 'स्प्रेडशीट' वाले उदाहरण पर आते हैं। आप स्प्रेडशीट पर काम कर रहे हैं, क्योंकि आपके बॉस ने आपको रिपोर्ट बनाने का काम सौंपा है। आप ऐसी रिपोर्ट बनाने की आशा करते हैं, जो उसके लिए उपयोगी होगी। यह आपके लिए महत्त्वपूर्ण है, क्योंकि यह आपको अपने बॉस की नजर में अच्छा बनाएगी। यह सकारात्मक प्रभाव आपको उच्च प्रोफाइल वाली परियोजनाओं की तरफ ले जा सकता है, जिससे आपकी पदोन्नति हो सकती है और आपका कॅरियर ऊँचाई की ओर जा सकता है।

आप अपना ध्यान अपने हाथ में आए काम से अपने बड़े लक्ष्य की

ओर ले जा रहे हैं। इससे आप वर्तमान में जो बोरियत महसूस कर रहे हैं, उसे सहना आसान हो जाता है। आपका ध्यान दीर्घकालीन उद्देश्य पर केंद्रित हो जाता है।

यह भी स्वीकार करना उपयोगी है कि आप उदास हैं। बोरियत सूक्ष्म होती है और प्राय: हमें अहसास हुए बिना ही वह समाप्त हो जाती है। मान लें कि आप बोर हो रहे हैं और इसका कारण ढूँढ़ रहे हैं (उदाहरण के तौर पर, बार-बार दोहराकर अपनी कला का अभ्यास करना बोरियत का काम है)। इससे आपको बोरियत को स्वीकार करने और इससे पहले कि वह नकारात्मक भावनाओं (तनाव, हताशा, अवसाद आदि) को उत्तेजित करे, आपको आगे बढ़ना आसान होगा।

बोरियत से निपटने का एक और तरीका यह है कि आप जो भी कर रहे हैं, उसे चालू रखें। इससे आप जो भी कार्य या परियोजना कर रहे हैं, वह ज्यादा आनंददायक हो जाएगी। आप विशेष उपलब्धि हासिल करने के लिए छोटे प्रतिफल से भी जुड़ सकते हैं।

उदाहरण के तौर पर, मान लें कि आप गिटार पर स्वर-ग्राम सीख रहे हैं। आप स्वर-ग्राम से अच्छी तरह से परिचित हैं, इसलिए यह अभ्यास सत्र उबाऊ है। अभ्यास सत्र को छोटे प्रतिफल के साथ गेम में बदल दें। उदाहरण के तौर पर, 5 मिनट का टाइमर सेट करें। उसके बाद बिना गलती किए या स्पष्टता से स्वर-ग्राम प्ले करने का प्रयास करें। यदि आप सफल होते हैं तो अपने पसंदीदा कैंडी बार के एक टुकड़े का आनंद लें।

या मान लें कि आप अपने बॉस के लिए उपर्युक्त स्प्रेडशीट रिपोर्ट पर काम कर रहे हैं। यदि आप स्प्रेडशीट का उपयोग करना चाहते हैं तो यह विशेष रूप से उबाऊ काम है। इसलिए इसे गेम में बदल दें। टाइमर सेट करें और अगले 3 मिनट में रिपोर्ट का एक भाग पूरा करने का प्रयास करें, या डेटा एकत्रित करने के लिए ऐसी कोई रणनीति बनाएँ, जिसका पहले आपने कभी भी उपयोग न किया हो।

दूसरा प्रभावी उपाय ध्यान लगाना है। ध्यान आपके मन को उपस्थित

होने के लिए प्रशिक्षित करता है। इससे आपका मन बोरियत को दूर करने और शांति व आनंद प्राप्त करने के लिए प्रोत्साहित होता है। बोरियत को दूर करने के लिए व्याकुलता की तलाश करने के बजाय आपका मन उत्तेजना के अभाव में केंद्रित और तनाव-मुक्त रहना सीखेगा।

बोरियत मानसिक दृढ़ता विकसित करने में आपका साथी है। यह प्रक्रिया का हिस्सा है। और महत्त्वपूर्ण बात यह है कि नकारात्मक धारणाओं को घर करने से पहले हमें इसका स्वागत करना सीखना चाहिए, जब यह हमारे द्वारा अभ्यास और प्रखर किए जा रहे कौशल से जुड़ा हो। आखिरकार यह सुझाव देता है कि हम सच्ची निपुणता के मुहाने पर हैं।

अभ्यास-16

उन भावनाओं को लिखें, जिन्हें आप आमतौर पर बोरियत के साथ जोड़ते हैं। इसमें से कुछ सकारात्मक और कुछ नकारात्मक हो सकती हैं। इसके कुछ उदाहरण निम्नलिखित हैं—

- अधीरता,
- निराशा,
- शांति,
- संतुष्टि,
- चिड़चिड़ापन,
- आनंद,
- अपराध-बोध,
- आशावाद,
- निराशावाद।

आगे नकारात्मक भावनाओं को दोबारा व्यवस्थित करें।

उदाहरण के तौर पर, यदि आप आमतौर पर अधीर महसूस करते हैं, जब आप बोर होते हैं, तो इसका कारण तलाश करें। शायद आपको यह भरोसा दिलाया गया था कि आदर्श समय बेकार है और आपको हमेशा कुछ-न-कुछ

करते रहना चाहिए। इस मामले में आप आदर्श समय को मूल्यवान् समय में दोबारा व्यवस्थित कर सकते हैं, जिसके दौरान आपको आराम करने और दोबारा ऊर्जावान् होने का मौका मिलता है।

आवश्यक समय : 10 मिनट

□

असफलता से सही सबक कैसे सीखें?

असफलता एक बहुत प्रभावी शिक्षक हो सकती है। यह कठोर और असहानुभूतिहीन भी होती है। इससे हम जो अंतर्दृष्टि और उपयोगिता प्राप्त करते हैं, वह अंततः इस बात पर निर्भर करती है कि हम कौन से पाठ सीख रहे हैं?

यदि हम असफलता को अपने कौशल और योग्यताओं पर कठोर निर्णय के रूप में समझते हैं तो हम अंततः इससे भयभीत होना सीखेंगे। हम खुद को अक्षम और अपर्याप्त के रूप में देखना शुरू कर देंगे। इसलिए हमारे मन में यह खौफ बन सकता है कि हम जोखिम लेने को तैयार नहीं हैं।

इसके विपरीत अगर हम असफलता को प्रतिक्रिया से ज्यादा कुछ नहीं समझते हैं तो हम इसे अपनी प्रक्रियाओं में सुधार करने के अवसर के रूप में पहचानेंगे। इस बार अपनी सफलता में कमी के कारण अक्षम महसूस करने के बजाय हम प्रतिक्रिया को शामिल करने और फिर से प्रयास करने के लिए इच्छुक होंगे।

यह सब इस बात पर निर्भर करता है कि हम असफलता की व्याख्या कैसे करते हैं? हम ऐसा जैसे करते हैं, वह हमारी भावनाओं, विचारों और अंततः हमारी प्रतिक्रियाओं को प्रभावित करेगा। असफलता के बारे में हमारी धारणा और विस्तार से जो सबक हम सीखते हैं, वह—जब जीवन कठिन हो जाता है, तब हार मान लेने और दृढ़ रहने के बीच के अंतर को बता सकता है।

उपर्युक्त बास्केट बॉल के प्रसिद्ध खिलाड़ी माइकल जॉर्डन के निम्नलिखित उद्धरण पर विचार करें—

"मैंने अपने कॅरियर में 9,000 से अधिक शॉट्स मिस किए हैं। मैंने लगभग 300 गेम खो दिए हैं। 26 बार मुझे खेल जीतनेवाले शॉट्स लगाने का भरोसा था और मैंने मिस कर दिया। मैं अपनी जिंदगी में बार-बार असफल होता रहा और इसीलिए मैं सफल हो गया।"

एक अन्य बास्केट बॉल खिलाड़ी की इन नंबरों को पोस्ट करने के लिए पूरी तरह से अलग प्रतिक्रिया हो सकती है। वह हार मानने के विचार का मनोरंजन भी कर सकता है, जो यह विश्वास दिलाता है कि वह एक भयानक खिलाड़ी था और कभी भी अपनी कला में महारत हासिल करने की संभावना नहीं रखता था।

एक बार फिर हमारी असफलता की धारणा हमारे द्वारा इससे सीखे गए पाठों को निर्धारित करती है। उचित लेंस के माध्यम से यह देखा गया है कि असफलता का हमारी मानसिक दृढ़ता पर उल्लेखनीय व सकारात्मक प्रभाव पड़ सकता है।

कैसे असफलता आपकी मानसिक दृढ़ता को सुधारती है

आपने शायद यह वाक्यांश सुना होगा—"जो चीज हमें नहीं मारती है, वह हमें मजबूत बनाती है।" यह आमतौर पर त्रासदी और दुर्भाग्य को संदर्भित करती है; लेकिन यह असफलता पर भी समान रूप से लागू होती है। यदि हम असफलता की फीडबैक के रूप में व्याख्या करते हैं तो यह हमें दृढ़ बनाती है। प्रत्येक घटना आगे हमें अपंग भावनाओं से दूर करती है, जो अन्यथा प्रकट हो सकती है।

इस प्रक्रिया के दौरान जब हम अनिश्चितता का सामना करते हैं तो हम लगातार अधिक साहसी बनते जाते हैं। गलत निर्णय लेने या गलती करने और इसके परिणामस्वरूप नकारात्मक परिणाम का अनुभव करने का विचार हमें कम भयभीत करता है। नकारात्मक परिणाम फीडबैक से अधिक कुछ नहीं

होता है, जो हमें सीखने और सुधार करने का अवसर देता है।

हम असफलता को अपर्याप्तता की घोषणा करने के बजाय फीडबैक के रूप में व्याख्या करने के लिए जितना अधिक तैयार होते हैं, उतना ही अधिक साहसी बनेंगे। इसके परिणामस्वरूप हम एक भय-मुक्त मानसिकता प्राप्त करेंगे। हम प्रत्येक नकारात्मक परिणाम में व्यावहारिक पाठ देखेंगे। यह ऐसा रवैया है, जो असफलता एवं दुर्भाग्य का सामना करते समय हमें प्रोत्साहित करेगा और हमारे लचीलेपन को प्रबल करेगा।

हमने 'कैसे आपका रवैया आपकी मानसिक दृढ़ता को प्रभावित करता है' भाग में विकास की मानसिकता के महत्त्व की चर्चा की है। हमारी अपनी असफलताओं से सीखने की इच्छा-शक्ति और तत्परता इस मिजाज से पूरी तरह से मिलती है। यह एक स्वीकृति है कि हम अपूर्ण हैं, साथ ही एक स्वीकार्यता भी है कि हम कुछ भी सीखने में सक्षम हैं, जो हमें दृढ़ रहने और अंततः सफल होने के लिए आवश्यक है।

यह रवैया हमारी जिंदगी के प्रत्येक क्षेत्र को प्रभावित करता है। यह स्कूल में, कार्यस्थल में, घर में और दोस्तों व प्रियजनों के साथ हमारे निर्णयों एवं कार्यों को प्रभावित करती है। यह अप्रत्याशित प्रतिक्रियाओं और भावनात्मक संकट के लिए हमारी प्रतिक्रियाओं को आकार देता है। जब हम असफलता से सही सबक सीखते हैं तो हम दबाव को सँभालने और चुनौतियों से पार पाने के लिए अपनी तथा अपनी क्षमता के बारे में अधिक जागरूकता विकसित करते हैं।

जब आप असफल होते हैं तो सीखने के लिए पाँच पाठ

तो सही सबक क्या हैं, जो हमें असफलता से सीखने चाहिए? हम यह सुनिश्चित कैसे कर सकते हैं कि हम आपके द्वारा प्रस्तुत की गई प्रतिक्रिया का अधिकतम लाभ उठा रहे हैं? नीचे पाँच सीखें दी जा रही हैं, जो आपको प्रतिफल देंगी, जब आप असफलता को सुधार और अंततः सफलता के लिए प्रारंभिक प्रयास के रूप में समझना चाहेंगे।

1. सफलता अकसर कई असफलताओं के बाद आती है।

बेसबॉल ग्रेट बेब रुथ को 'स्ट्राइक आउट किंग' और 'होम रन किंग' के रूप में जाना जाता था। उसने एक बार कहा था, "हर स्ट्राइक मुझे अगले होम रन के करीब लाता है।" उन्होंने माना कि असफलता अंतिम परिणाम होती है। यह कुछ उल्लेखनीय चीजें पूरी करने के रास्ते पर पड़नेवाला सिर्फ मील का पत्थर है।

2. प्रत्येक असफलता मूल्यवान् अनुभव प्रदान करती है।

अनुभव का सफलता की अपेक्षा ज्यादा मूल्य होता है। यह हमारी योग्यताओं के संबंध में स्वस्थ परिदृश्य प्रदान करता है। यह उन कमियों को उजागर करते हुए हमें अपनी सीमाओं से अवगत भी कराता है, जो हमारा ध्यान आकर्षित करती हैं। व्यक्तिगत उन्नति के लिए अनुभव आवश्यक है।

हर बार जब हम अपना वांछित परिणाम हासिल करने में असफल रहते हैं तो हम अपने निर्णय व कार्य तथा सकल परिणाम के बीच संबंध की गहरी समझ प्राप्त करते हैं। यह ज्ञान हमारे भविष्य के निर्णय और कार्यों को सूचित करता है। हम जागरूकता व अंतर्दृष्टि प्राप्त करते हैं और अधिक प्रभावी हो जाते हैं, जो हमारे परिणामों को हमारी अपेक्षाओं से विचलित होने पर हमें अधिक दृढ़ बनाते हैं।

3. दृढ़ता हर चीज को जीत लेती है

आविष्कारक थॉमस अल्वा एडिसन असफलता से सुपरिचित थे। उन्होंने हजारों बार असफल प्रयास करने के बाद सफलतापूर्वक प्रकाश बल्ब का आविष्कार किया। उन्होंने बाद में अनुभव के बारे में कहा, "मैं असफल नहीं हुआ हूँ। मैंने 10,000 तरीके ढूँढ़े, जो काम नहीं कर सके।"

उन्होंने यह बात समझ ली थी कि असफल होने के बावजूद दृढ़ता का होना अंतिम सफलता के लिए जरूरी है। इस संबंध में हार न मानना समझ,

प्रतिभा और शिक्षा की अपेक्षा ज्यादा जरूरी है। मानसिक दृढ़ता की सबसे स्पष्ट अभिव्यक्ति दृढ़ता असफल होने पर सभी चीजों को जीत लेती है।

4. भय अनावश्यक और अनुपयोगी है

भय हमें कार्य करने से रोकता है, और असफलता ऐसी चीज है, जिससे हम में से कई लोग सबसे ज्यादा डरते हैं। हम इस संभावना से कतराते हैं कि हम ऐसा कुछ कर देंगे, जिसका नकारात्मक परिणाम निकलेगा। हमें चिंता होती है कि हम खुद को मूर्ख बना लेंगे। यही कारण है कि हमारे सुविधा-क्षेत्र के बाहर उद्यम करना इतना कठिन है।

नियमित रूप से असफल होने (और बाद में आगे बढ़ने के लिए धैर्य रखने) का अच्छा पहलू यह है कि हम धीरे-धीरे नकारात्मक परिणामों के आदी हो जाते हैं। हम सीखते हैं कि इस तरह के परिणाम उससे कम परिणामी होते हैं, जितना हम उन्हें होने की कल्पना करते हैं। संक्षेप में, हमें यह महसूस होने लगता है कि हमने भय पर काबू पा लिया है।

एक बार जब हम असफलता के आदी हो जाते हैं तो इसे सीखने और सुधारने के अवसर के रूप में मानते हुए इससे संबंधित भय खत्म हो जाता है। हम अपनी परिस्थितियों को सुधारने के लिए उपयुक्त जोखिम लेने में अधिक सहज हो जाते हैं।

5. आप तय करते हैं कि असफलता के बारे में कैसे महसूस किया जाए?

असफलता का सामना करते समय हमारे संज्ञानात्मक लचीलेपन में सबसे बड़ी बाधा हमारी भावनाएँ होती हैं। मानसिक दृढ़ता और भावनात्मक श्रेष्ठता के भाग में हमने आत्म-जागरूकता, सहानुभूति और आत्म-नियंत्रण के संबंध में चर्चा की। ये अवधारणाएँ असफलता के बारे में हमारी समझ के अनुरूप काम करती हैं।

हम चुनते हैं कि हम इसका जवाब कैसे देते हैं? हम नकारात्मक भावनाओं (उदाहरण के तौर पर—पीड़ा, भय, अपमान, अवसाद) को गले लगा सकते हैं, जो असफलता हमारे अंदर प्रेरित करती है, या हम असफलता को दोबारा व्यवस्थित करने और इस पर सकारात्मक भावनाओं को लगाने का कार्य चुन सकते हैं। यदि हम असफलता को सीखने के अवसर के रूप में व्याख्या करते हैं तो हम भावनाओं, जैसे—दिलचस्पी, आशा, प्रेरणा, गर्व और यहाँ तक कि कृतज्ञता को शामिल कर सकते हैं। ये सकारात्मक भावनाएँ हमारी आगामी व्यक्तिगत प्रगति और प्रभावकारिता के बारे में आशावाद को गले लगाने में मदद करती हैं।

हम सभी असफल होने के भय के साथ-साथ बड़े हुए हैं। समस्या यह है कि हम में से कई लोग वयस्क होने पर इस भय को दूर करने में असफल रहते हैं। यह हमारे मन में गहराई से बैठ जाता है, हमारे निर्णयों व कार्यों को संचालित करता है और हमें जोखिम लेने से रोकता है, हमारे सुविधा क्षेत्र के बाहर मँडराता है तथा जब जीवन कठिन हो जाता है तो यह अडिग हो जाता है।

जब हम असफलता के बारे में अपनी समझ को बदलते हुए इसे दोबारा व्यवस्थित करते हैं तो हम इससे जुड़ी अंतर्दृष्टि का लाभ उठाने का खुद को एक मौका देते हैं। यह आदत हमारी दृढ़ता को प्रबल करती है, जब हम बाधाओं, चुनौतियों और अन्य प्रतिकूलताओं का सामना करते हैं।

अभ्यास-17

ऐसी स्थिति का वर्णन करें, जब आप असफल हो गए थे। इससे कोई फर्क नहीं पड़ता कि असफलता बड़ी थी या छोटी, परिणामी थी या तुच्छ। यह लिखें कि क्या हुआ था और कैसे आपके निर्णय या कार्य (या निष्क्रियता) नकारात्मक परिणाम का कारण बने!

आगे इस घटना के परिणामस्वरूप आपके द्वारा अनुभव की गई भावनाओं का वर्णन करें। क्या आप दोषी, क्रोधित या हतोत्साहित महसूस कर रहे थे?

अंत में विचार करें कि आपने उस असफलता को सफलता में कैसे बदल दिया?

आपको शुरू करने के लिए यहाँ एक व्यक्तिगत उदाहरण दिया गया है। मैंने खुद गिटार बजाना सीखा, जब मैं हाई स्कूल में था। मेरा शुरुआती प्रयास शर्मनाक था। मैं इसे सही नहीं कर सका। मैं बार-बार असफल होता रहा।

इसके बाद मैंने अकसर अपनी भावनाओं को अपने से दूर होने दिया। मैं स्वयं को अच्छी तरह से गिटार बजाने में असफल होने के लिए नियमित रूप से दंड देता रहा और क्रोधित, निराश व हताश हो गया। कहने की जरूरत नहीं है कि यह अपनी कला में सुधार करने के लिए अनुकूल नहीं था।

अंत में मैंने इन नकारात्मक भावनाओं को छोड़कर आगे बढ़ने का निर्णय लिया। मैंने उन्हें स्वीकार किया और आगे बढ़ गया। मैंने प्रत्येक सुबह 4.30 बजे उठने और स्कूल जाने से पहले घंटों तक अभ्यास करने की प्रतिज्ञा की।

इसका क्या परिणाम रहा? मैंने धीरे-धीरे अपने कौशल को उस स्तर तक विकसित और प्रखर कर लिया कि मैं इससे संतुष्ट हो गया।

अब आपकी बारी है।

आवश्यक समय : 15 मिनट

□

कैसे नेवी सील्स मानसिक दृढ़ता विकसित करते हैं?

जो लोग अमेरिकी नेवी सील में भरती होने के लिए प्रशिक्षण और चयन प्रक्रिया से गुजरते हैं, वे हार मानने के प्रलोभन से परिचित होते हैं।

वे 'बेसिक अंडरवाटर डिमोलिशन/सील' (बी.यू.डी./एस.) स्कूल में 26 सप्ताह का कठिन प्रशिक्षण प्राप्त करते हैं। उसके बाद वे 26 सप्ताह के सील योग्यता प्रशिक्षण पाठ्यक्रम का सामना करते हैं।

इस प्रशिक्षण कार्यक्रम की बहुत अधिक माँग होती है। इसे सबसे दृढ़ व्यक्ति के लिए डिजाइन किया गया है। सात नामांकितों में से केवल एक इसकी डिग्री प्राप्त करता है। लेकिन लोकप्रिय धारणा के बावजूद इस कार्यक्रम में शारीरिक श्रेष्ठता पर ध्यान केंद्रित नहीं करता है। वास्तव में पूर्व नेवी सील और सील स्नाइपर प्रशिक्षक ब्रैंडन वेब सील प्रशिक्षण के बारे में एक आश्चर्यजनक तथ्य का खुलासा करते हैं। अपनी पुस्तक 'रेड सर्किल : माइ लाइफ इन द नेवी सील स्नाइपर कोर एंड हाउ आइ ट्रेंड' में उन्होंने कहा है, "यह कार्यक्रम औसत हृष्ट-पुष्ट पुरुष को प्रशिक्षित करने के लिए डिजाइन किया गया है।" तो कुछ ही नामांकिती इस कार्यक्रम की डिग्री क्यों प्राप्त कर पाते हैं?

वेब ने 'रेड सर्किल' में कहा है—

"सील प्रशिक्षण में वास्तव में आपकी मानसिक शूरवीरता की परीक्षा

ली जाती है। इसे आपको मानसिक रूप से बार-बार कगार पर ले जाने हेतु प्रेरित करने के लिए डिजाइन किया गया है, जब तक आप कठोर नहीं हो जाते हैं और प्रतिकूलताओं की परवाह किए बिना किसी भी कार्य को आत्मविश्वासपूर्वक करने में सक्षम नहीं हो जाते हैं।"

नेवी सील्स से मानसिक दृढ़ता के बारे में हम बहुत कुछ जान सकते हैं। इस भाग में उनके मनो-तार्किक संकल्प का परीक्षण किया जाएगा और उन व्यावहारिक युक्तियों का पता लगाया जाएगा, जिनका वे अपने क्षेत्र में प्रतिकूलता का सामना करते समय इस्तेमाल करते हैं।

मानसिक दृढ़ता शारीरिक दृढ़ता पर भारी पड़ती है

निस्संदेह रूप से नेवी सील्स को अपनी नौकरी से जुड़ी चुनौतियों को सँभालने के लिए शारीरिक रूप से फिट होना जरूरी है। उनका पेशा एक दक्षतापूर्ण पेशा है। जबकि, जैसा वेब सुझाव देते हैं, औसत हृष्ट-पुष्ट पुरुष इस प्रशिक्षण कार्यक्रम के फिटनेस टेस्ट में उत्तीर्ण हो सकता है, शीर्ष शारीरिक आकार बनाए रखने के लिए नियमित रूप से व्यायाम कर सकता है।

लेकिन मानसिक प्रशिक्षण को प्राथमिकता दी जाती है।

नेवी सील को प्रायः प्रतिकूल और सख्त स्थितियों में रखा जाता है, जो स्वाभाविक भय प्रतिक्रिया को सक्रिय करता है। इन स्थितियों में, ऐसा जोखिम है कि वे इस भय से जुड़ी भावनाओं से अभिभूत हो जाते हैं। वे मनोवैज्ञानिक अनुकूलन से गुजरते हैं, जिसे खुद को इसके लिए तैयार करने के लिए डिजाइन किया गया है।

कई लोग नेवी सील्स को निडर मानते हैं। लेकिन यह एक गलत धारणा है। सील्स हम सभी की तरह डर का अनुभव करते हैं। अंतर यह है कि उन्होंने इसे नियंत्रित करना सीख लिया है, इसलिए वे आगे बढ़ने और अपने मिशन को पूरा करने में सक्षम होते हैं। ऐसा मानसिक प्रशिक्षण रणनीति की वजह से ही संभव होता है, जिसे अभ्यस्तता के रूप में जाना जाता है।

अभ्यस्तता में उत्तेजना के प्रति पुनरावृत्त जोखिम शामिल होता है, जो

अवांछनीय प्रतिक्रिया (इस मामले में, भय) को प्रेरित करता है। पुनरावृत्त संपर्क व्यक्ति को उत्तेजना के लिए प्रेरित करता है, जिससे अवांछित प्रतिक्रिया कम हो जाती है। इस प्रशिक्षण के माध्यम से नेवी सील्स अपने डर पर विजय प्राप्त करना और उसे नियंत्रित करना सीखते हैं, ताकि वे अपना मिशन पूरा कर सकें।

ध्यान दें कि सील्स की मानसिक दृढ़ता और उनका प्रशिक्षण, जो इसे विकसित करने में मदद करता है, डर को रोक देता है। यह सील्स को इसमें महारत हासिल करने में मदद करता है, ताकि यह डर उन्हें नियंत्रित न करे, जो जीवन की खतरनाक स्थितियों में उनकी परिचालन प्रभावशीलता को सीमित कर देगा।

आइए, अब नेवी सील द्वारा इस्तेमाल की जानेवाली कुछ प्रशिक्षण रणनीतियों पर एक नजर डालें, जो उनकी मानसिक दृढ़ता और मनोवैज्ञानिक तैयारी को मजबूत करती हैं—

प्रतिकूलता का सामना करने के लिए नेवी सील्स द्वारा प्रयोग की जानेवाली पाँच युक्तियाँ

नेवी सील्स द्वारा प्रयोग की जानेवाली प्रशिक्षण तकनीकें तुरंत इस्तेमाल करने योग्य होती हैं। इसमें सिद्धांत पर ध्यान नहीं दिया जाता है। यह एक व्यावहारिक अनुप्रयोग होता है। आगे हम भूतपूर्व और वर्तमान सील्स द्वारा वर्णित की गई पाँच तकनीकों को साझा करेंगे और बताएँगे कि कैसे आप इन्हें अपने दैनिक अनुभव में इस्तेमाल कर सकते हैं—

1. सकारात्मक आत्म-चर्चा का अभ्यास करना

बीयूडी/एस प्रशिक्षण कार्यक्रम में ब्रीदिंग गियर के साथ पानी के अंदर ठहरना शामिल है। इसे 'पूल कॉम्प' के नाम से जाना जाता है। जब प्रशिक्षु पानी के भीतर होता है तो उसका प्रशिक्षक उसके श्वास उपकरण को तोड़ देगा। प्रशिक्षु को शांत रहना चाहिए और इस समस्या को ठीक करना चाहिए।

घबराहट को दूर करने और इस परीक्षण को सफलतापूर्वक पूरा करने के लिए सकारात्मक आत्म-चर्चा आवश्यक है।

अनुप्रयोग : जब भी आप अभिभूत महसूस करते हैं, चाहे आप नौकरी पर हों या घर पर, स्वयं को याद दिलाएँ कि आपके कौशल, योग्यता और ज्ञान आपको प्रबल बनाने में मदद करेंगे। खुद को शांत और तनाव-मुक्त रहने के लिए कहें। अपने आप को बताएँ कि आपकी वर्तमान परिस्थितियाँ अस्थायी हैं, और जब आप इन पर ध्यान देंगे तो वे गायब हो जाएँगी।

2. किसी चीज पर श्रेष्ठता हासिल करने के बाद प्रशिक्षण जारी रखें

नेवी सील्स को कई तरह के विषयों में महारत हासिल करनी चाहिए। समस्या यह है कि उनका अधिकांश समय उस क्षेत्र में व्यतीत नहीं होता है, जहाँ वे इन कौशलों को प्रयोग में ला सकते हैं। सील्स बहुत ही अधिक अवकाश का अनुभव करते हैं। यदि वे अपने कौशल का लगातार अभ्यास नहीं करते हैं तो वे धूमिल हो जाएँगे। इसलिए वे यह सुनिश्चित करने के लिए बार-बार प्रशिक्षण करते हैं कि वे तैनाती के समय प्रदर्शन के लिए तैयार रहें।

अनुप्रयोग : ऐसे कौशल का अभ्यास करते रहें, जो आपकी दीर्घकालिक सफलता के लिए आवश्यक हों, भले ही आपको लगता हो कि आपने उनमें महारत हासिल की है। प्रत्येक दिन उनका उपयोग करने का प्रयास करें, ताकि वे तेज रहें।

उदाहरण के लिए, लेखन स्पष्ट रूप से एक लेखक के कार्य का प्रमुख हिस्सा है। लेकिन पुस्तकों के अध्ययन के बीच में महत्त्वपूर्ण समय निकालने का यह प्रलोभन है। कई लेखक, जिनमें मैं भी शामिल हूँ, इस प्रलोभन का विरोध करते हैं और लेखन कार्य को चुस्त-दुरुस्त रखने के लिए रोजाना लिखते हैं।

3. छोटी-छोटी जीतों पर ध्यान दें

हम में से अधिकांश लोगों की तरह नेवी सील्स खुद के लिए लक्ष्य

निर्धारित करते हैं। लेकिन उनका लक्ष्य उनकी नौकरियों से जुड़ी मानसिक सजा को सहन करने में उनकी मदद करना नहीं है। मानसिक रूप से मजबूत रहने और अपने लक्ष्यों को प्राप्त करने के लिए वे 'विभाजन' का अभ्यास करते हैं। वे अपने बड़े लक्ष्यों को छोटे-छोटे लक्ष्यों में विभाजित कर देते हैं। उदाहरण के तौर पर, 20 मील की दौड़ पर ध्यान देने के बजाय वे अपने रास्ते में कुछ दूरी पर दिखाई पड़नेवाले पेड़ तक पहुँचने पर ध्यान देते हैं। जब वे उस पेड़ तक पहुँच जाते हैं तो वे सामने दिखाई देनेवाली पहाड़ी तक पहुँचने पर ध्यान देने लगते हैं और वे अपनी दौड़ पूरी होने तक ऐसा करना जारी रखते हैं।

अनुप्रयोग : भयभीत करनेवाली परियोजनाओं को छोटे चरणों में विभाजित करें। आदर्श रूप से, ये चरण एक दिन में पूरे किए जा सकते हैं। उदाहरण के तौर पर, मान लें कि आपको अपने कार्यस्थल पर प्रस्तुतीकरण का कार्य दिया गया है। इस परियोजना को विभाजित करें। प्रत्येक चरण को लिखें, जिसमें विषय को चुनना, विषय-वस्तु लिखना, स्लाइड तैयार करना और अपने श्रोताओं के लिए प्रश्नों पर मंथन करना शामिल है। आप अपने विषय-वस्तु लिखने के भाग को आगे अपना परिचय तैयार करने, अपने प्रस्तुतीकरण का मुख्य भाग और निष्कर्ष में विभाजित कर सकते हैं।

4. अपने वांछित परिणाम की कल्पना करें

यह ऐसी चीज है, जो नेवी सील्स और विश्व स्तरीय एथलीटों (जैसे ओलंपियन) में आम बात है। वे मानसिक रूप से अपनी गतिविधियों का पूर्वाभ्यास करते हैं और अपनी सफलता की कल्पना करते हैं। यह तकनीक प्रभावी है, क्योंकि मनोवैज्ञानिकों के अनुसार, मस्तिष्क वास्तविक अनुभवों और काल्पनिक अनुभवों के बीच अंतर नहीं कर पाता है। इस संज्ञानात्मक विचित्रता के कारण कल्पना करने से हमारा मन सफलता के लिए तैयार होता है और इस प्रक्रिया में हमारा डर दूर होता है।

अनुप्रयोग : यदि आप किसी ऐसी चीज के बारे में चिंतित हैं, जिसे

आपको करने की आवश्यकता है, तो उसे सफलतापूर्वक करने की कल्पना करें। उदाहरण के तौर पर, मान लीजिए कि आप अपने कार्यस्थल पर एक बड़ी प्रस्तुति देने के बारे में चिंतित हैं, जिसकी आपको अपेक्षा है। अपनी आँखें बंद करें और अपने आप को प्रस्तुति देते हुए देखें। प्रत्येक चरण, अपने भाषण के प्रत्येक हिस्से और प्रत्येक स्लाइड का अध्ययन करें। अपनी प्रस्तुति को पूरा करने और श्रोताओं के प्रश्नों का आत्मविश्वास से जवाब देने की कल्पना करें। अपने आप को उस आदर्श स्थिति में देखें, जिसे आप अनुभव करने की उम्मीद करते हैं।

5. उन सभी चीजों पर पहले ही विचार कर लें, जो गलत हो सकती हैं

नेवी सील्स के मानसिक अनुकूलन का एक बड़ा हिस्सा जन्मजात भय को नियंत्रित करना है, जो प्रतिकूल परिस्थितियों का सामना करता है। हम में से अधिकांश लोगों के लिए प्रतिकूल परिस्थितियाँ अप्रिय और निराशाजनक हैं। सील के लिए ऐसी परिस्थितियाँ घातक हो सकती हैं।

इस डर का मुकाबला करने के लिए सील लगातार रिहर्सल करते हैं; हर उस समस्या का पूर्वानुमान लगाने की कोशिश करते हैं, जो उन्हें अपने मिशन को पूरा करने से रोक सकती हैं। मई 2011 में ओसामा बिन लादेन के परिसर में नेवी सील्स टीम सिक्स के उतरने से पहले उन्होंने उसके परिसर का एक जीवन-आकार मॉडल बनाया। फिर उन्होंने इस ऑपरेशन के लिए तीन सप्ताह का प्रशिक्षण लिया। इस गहन प्रशिक्षण के दौरान उन्होंने अप्रत्याशित जटिलताओं का मंथन एवं अनुकरण किया और उनकी प्रतिक्रियाओं का पूर्वाभ्यास किया।

अनुप्रयोग : यदि आप किसी परियोजना पर काम कर रहे हैं और चिंतित हैं कि कुछ गलत हो सकता है, तो आप उन कठिनाइयों पर विचार करें, जिनका आप अनुभव कर सकते हैं। मान लीजिए कि आप प्रस्तुति देने की योजना बना रहे हैं। स्लाइड को प्रदर्शित करने के लिए आपके द्वारा उपयोग किए जानेवाले दृश्य-श्रव्य उपकरण खराब हो सकते हैं। अगर ऐसा

हुआ तो आप क्या करेंगे? आप अपने भाषण का कुछ हिस्सा भूल सकते हैं। 'आप इस समस्या को कैसे सुलझाएँगे'—आपके दर्शकों में से कोई ऐसा प्रश्न पूछ सकता है, जिसका उत्तर आपको मालूम नहीं है। आप इस व्यक्ति को कैसे जवाब देंगे? हर संभव जटिलता का अनुमान लगाने की कोशिश करें और उसके बाद अपनी प्रतिक्रियाओं का पूर्वाभ्यास करें। आप इससे अधिक आरामदायक और आश्वस्त महसूस करेंगे कि आप किसी भी समस्या को हल करने में सक्षम हैं।

नेवी सील्स को अपने भय को दूर करने और अपना कार्य प्रभावी ढंग से करने के लिए मानसिक रूप से दृढ़ होना जरूरी है। हम अपनी मानसिक दृढ़ता विकसित करने के लिए उनके प्रशिक्षण के कई पहलुओं का इस्तेमाल कर सकते हैं। वे अपनी संचालनात्मक प्रभाविकता को सुनिश्चित करने के लिए जिन युक्तियों का प्रयोग करते हैं, उनसे हमें प्रतिकूलता, अनिश्चितता और दुर्भाग्य से निपटने में मदद मिलेगी।

अभ्यास-18

ऐसी तीन घटनाओं का वर्णन करें, जिनके दौरान आप भय, आत्मविश्वास की कमी एवं नकारात्मक आत्म-चर्चा की वजह से पंगु हो गए थे और इस प्रकार उद्देश्यपूर्ण कार्य नहीं कर पाए। यह वर्णन करें कि आप नेवी सील्स की पसंदीदा मानसिक अनुकूलन रणनीति का प्रयोग करके आज इन तीन स्थितियों में से प्रत्येक को कैसे हल करेंगे?

आवश्यक समय : 10 मिनट

□

भाग–3

मानसिक रूप से दृढ़ होने के लिए त्वरित प्रारंभ गाइड

हमने बहुत अधिक सामग्री को कवर कर लिया है। यदि आप मानसिक दृढ़ता विकसित करना चाहते हैं तो इस पुस्तक के प्रत्येक भाग में दिए गए अभ्यास बहुत ही महत्त्वपूर्ण हैं। लेकिन वास्तव में इसमें प्राप्त करने के लिए बहुत सी चीजें हैं। और जब आप ढेरों सुझावों, युक्तियों और रणनीतियों (और अभ्यास!) का सामना करते हैं, यह अपरिहार्य महसूस हो सकता है।

यह आपके पसंदीदा आहार कक्ष में जाने और सभी स्वादिष्ट खाद्य पदार्थों से मंत्रमुग्ध होने जैसा है। आप कहाँ से शुरू करते हैं? आप पूरा लाभ कैसे उठाते हैं?

भाग–III में आपको शुरू करने में मदद की जाएगी। सबसे पहले हम मानसिक दृढ़ता के कई वास्तविक जीवन के अनुप्रयोगों पर एक नजर डालेंगे। यह सिद्धांत से मानसिक ताकत के विचार को आगे बढ़ाएगा और इसके बजाय इसे अनुप्रयोग मनोविज्ञान के रूप में उजागर करेगा। ऐसी चीज, जो अनुभवात्मक, कम अमूर्त और वास्तविक दुनिया के परिणामों पर अधिक केंद्रित है।

दूसरे, मैं आपको प्रशिक्षण शुरू करने के लिए डिजाइन किए गए एक सामान्य 10 चरणों वाले आहार संबंधी नियम का वर्णन करूँगा। इस कार्यक्रम में मूल बातों को प्राथमिकता दी गई है। यह एक प्राथमिक कार्यक्रम है। जैसे–

जैसे आप आगे बढ़ते हैं, आप निस्संदेह अपनी परिस्थितियों के अनुकूल रहने के लिए 'आहार नियम' का विस्तार करना चाहेंगे।

अंत में आप सीखेंगे कि आपने जब मानसिक दृढ़ता विकसित करना शुरू कर दिया है तो इसे बरकरार कैसे रखना है! हमने इस पुस्तक में ताकत प्राप्त करने के लिए भावनात्मक श्रेष्ठता से लेकर मनोवैज्ञानिक तैयारी तक हर चीज की चर्चा की है। यह किसी भी ताकत की तरह है। आप इसका जितना ज्यादा प्रयोग करते हैं, यह उतना ही मजबूत होती जाती है। जितना ही कम आप इसका प्रयोग करते हैं, यह उतनी ही तेजी से क्षीण होती जाती है। मैं कई रणनीतियों को साझा करूँगा, जो आपकी मानसिक दृढ़ता की ताकत को विकसित होते रहने में मदद करेंगी।

पर्याप्त बातें हो गई हैं। अब हम समाप्ति के नजदीक हैं। आइए, उन सभी चीजों का वर्णन करें, जिन्हें हमने अभी तक प्रयोग करने के लिए कवर किया है।

□

मानसिक दृढ़ता के व्यावहारिक अनुप्रयोग

मानसिक दृढ़ता वैचारिक स्तर पर समझ बनाती है। हालाँकि बातचीत आसानी से शैक्षिक हो सकती है; लेकिन यह उस बिंदु तक कभी नहीं पहुँचती, जहाँ इसे तर्कसंगतता, सच्चाई और गंभीरता से ग्रहण किया जा सके।

इस तरह मानसिक दृढ़ता के बारे में बात करना कैसे साहसी एवं आत्मविश्वासी, अधिक आत्म-जागरूक, अधिक आकर्षक और कम अंतर्मुखी होना है, इसके बारे में चर्चा करने के समान है। आत्म-सुधार लक्ष्य के रूप में यह नैसर्गिक रहता है—और इसका मूल्य काल्पनिक होता है—जब तक हम यह नहीं जानते कि इसे अपने दैनिक जीवन में कैसे लागू किया जाए?

इस भाग में इस कमी को संबोधित किया गया है। आगे हम यह पता लगाएँगे कि कठिन परिस्थितियों में मानसिक रूप से मजबूत होना आपके जीवन के विभिन्न क्षेत्रों में कैसे लाभ पहुँचा सकता है? मैं उन कई रूपों का वर्णन करने के लिए उदाहरणों का प्रयोग करूँगा, जो मानसिक दृढ़ता अपना सकते हैं और यह वर्णन कर सकते हैं कि आप इसके अनुप्रयोग से कैसे लाभान्वित हो सकते हैं!

कुछ उदाहरण आपको मामूली लग सकते हैं, लेकिन उन छोटे व अनगिनत तरीकों को प्रदर्शित करना, जिनमें मानसिक दृढ़ता लाभदायी साबित हो सकती है, आंशिक रूप से इस भाग का उद्‌देश्य है। इस संबंध में जिस चीज का अनुसरण करना है, वह सिर्फ एक जंपिंग ऑफ प्वाइंट है। आप निस्संदेह दृढ़ता, आवेग नियंत्रण, भावनात्मक शक्ति और मनोवैज्ञानिक तैयारी

का प्रयोग करने के कई तरीकों के बारे में सोचेंगे, जो आपकी परिस्थितियों के लिए अनोखी हों।

आइए, अपने घर की जिंदगी से शुरू करते हैं।

घर पर मानसिक दृढ़ता

जब हम घर पर रहने के बारे में सोचते हैं तो हम आरामदायक और तनाव-मुक्त होने की कल्पना करते हैं। लेकिन वास्तव में कठिन परिस्थितियाँ अन्य किसी स्थान की तरह घर पर भी आ सकती हैं। हम अपने आसपास घटित होनेवाली चीजों को नियंत्रित नहीं कर सकते हैं और इस प्रकार हम प्राय: परिस्थितियों का सामना करने के लिए मजबूर होते हैं, जो हमारे धैर्य और संकल्प की परीक्षा लेती हैं।

उदाहरण के तौर पर, यदि आपके घर पर एक छोटा बच्चा है तो आप उस निराशा से चिर-परिचित होंगे, जो प्राय: उत्पन्न हो सकती है; या मान लीजिए, आप किसी पोषित वस्तु को पाने में असमर्थ हैं और आपको पता चलता है (आश्चर्य से) कि परिवार के किसी सदस्य ने उसे अनजाने में नष्ट कर दिया है, या आप किसी पुस्तक को पढ़ने का प्रयास कर रहे हैं, लेकिन पास में निर्माण श्रमिक इतना शोर मचा रहे हैं कि पुस्तक पर ध्यान देना असंभव है।

ये स्थितियाँ कई नकारात्मक भावनाओं को प्रेरित कर सकती हैं, जो अस्वास्थ्यकर होती हैं और असंतोष को बढ़ावा देती हैं। मानसिक रूप से दृढ़ होने पर हम इन भावनाओं को नियंत्रित कर सकते हैं। इसमें तनाव को सहन करना और परिस्थितियों को अपनाना शामिल है, चाहे वे जितनी भी अप्रिय हों।

कार्य-स्थल पर मानसिक दृढ़ता

कार्य-स्थल निराशा, तनाव और मायूसी का एक बड़ा केंद्र हो सकता है। मान लें, आप रोजाना कई प्रकार के लोगों से बातचीत करते हैं। न केवल प्रत्येक व्यक्ति के पास अद्वितीय व्यक्तित्व है, बल्कि उनकी मनोदशा

उनकी व्यक्तिगत परिस्थितियों के अनुसार बदल सकती है। यह एक आभासी विस्फोटक स्थिति हो सकती है।

इसके अलावा आप असफलता जैसे—निर्धारित समय में काम करने में असफल रहने, अपने बिक्री कोटा को पूरा न कर पाने और अपेक्षित पदोन्नति न प्राप्त कर पाने का अनुभव कर सकते हैं। इसके साथ ही कार्यालय में राजनीति भी मौजूद है, जिसमें पुरस्कार व दंड—दोनों जटिल और प्रत्यक्ष हैं तथा वे इस आधार पर दिए जाते हैं कि वर्तमान में कौन अनुग्रह प्राप्त है और कौन नहीं है।

इस प्रकार के वातावरण में समझदार बने रहने के लिए अपनी भावनाओं को नियंत्रित रखना जरूरी है। अपने आंतरिक आलोचक को चुप रखना (आपका सहकर्मी खुशी से इस भूमिका को निभाएगा), सकारात्मक दृष्टिकोण रखना और अपनी छोटी जीत का आनंद लेना भी जरूरी है। याद रखें, मानसिक दृढ़ता आपके अंदर से ही आती है। इसके लिए दूसरों से वैधता प्राप्त करने की कोई जरूरत नहीं है।

फ्रीलांसर के रूप में मानसिक दृढ़ता

यदि आप फ्रीलांसर हैं तो आप चुनौतियों, असफलताओं और अन्य कठिन परिस्थितियों से चिर-परिचित हैं। तुनक-मिजाजीवाले क्लाइंट के साथ कार्य करना और बकाया इनवाइस के भुगतान के लिए पीछा करने से लेकर अपने प्रतिस्पर्धी से तुलना करने पर स्वयं को अपर्याप्त, अक्षम और प्रतिभाहीन अनुभव करना। फ्रीलांसिंग बहुत ही कठिन पेशा है। इसमें सफल होने के लिए दृढ़ मानसिकता की जरूरत होती है।

भावनात्मक रूप से नाजुक फ्रीलांसर हमेशा अपने व्यवसाय के साथ सहज महसूस करने के लिए संघर्ष करेगा। यह व्यक्ति अनुभवहीन की तरह अपनी योग्यताओं पर लगातार शक करता रहेगा। यह आत्म-संदेह अत्यंत निराशाजनक भविष्यवाणी हो सकती है, खासकर जब क्लाइंट शिकायत करते हैं, अंतहीन संशोधन का अनुरोध करते हैं और इनवाइस का भुगतान करने में देरी करते हैं।

मानसिक रूप से दृढ़ फ्रीलांसर आसानी से इन कठिनाइयों का सामना करने के लिए बेहतर ढंग से सुसज्जित होगा। वह चिड़चिड़े क्लाइंट से उपयोगी ढंग से कार्य करने में सक्षम होगा; वह संशोधन के लिए अनुरोध करने पर पेशेवर तरीके से प्रतिक्रिया करेगा और वह इनवाइस का भुगतान न होने पर फॉलोअप करने में आत्मविश्वास प्रदर्शित करेगा।

मानसिक दृढ़ता फ्रीलांसर का सर्वश्रेष्ठ दोस्त हो सकती है।

स्कूल में मानसिक दृढ़ता

हम शायद ही कभी स्कूल को एक ऐसे वातावरण के रूप में सोचते हैं, जिसके लिए मानसिक दृढ़ता की आवश्यकता हो। लेकिन वास्तव में स्कूल कार्य-स्थल की तरह तनाव, निराशा, चिंता और हताशा पनपने का स्थान हो सकता है। इसके अतिरिक्त, स्कूल की सामाजिक गतिशीलता उसे पागलखाना में भी बदल सकती है।

ऐसे माहौल में मानसिक दृढ़ता की क्या भूमिका होती है?

जब आप सोने जा रहे हों, उस समय परीक्षा हेतु अध्ययन करने के लिए आवेग को नियंत्रित करना होता है। ऐसी परियोजना में खराब अंक प्राप्त करने पर, जिसमें आपने अपना महत्त्वपूर्ण समय और प्रयास लगाया हो, भावनात्मक नियंत्रण की जरूरत होती है। समय पर कार्य पूरा करना, जब जीवन आपके खिलाफ हो, सकारात्मक मानसिकता को एक अपरिहार्य संपत्ति बनाती है।

कुछ मायनों में स्कूल कार्य-स्थल की तुलना में अधिक मनोवैज्ञानिक दबाव डाल सकते हैं। मानसिक दृढ़ता छात्रों को तनाव का प्रबंधन करने, प्रतिकूल परिस्थितियों के अनुकूल होने और यहाँ तक कि गुंडागर्दी के प्रति भावनात्मक रूप से कम संवेदनशील होने में मदद करती है।

प्रतियोगी खेलों में मानसिक दृढ़ता

यदि आप प्रतियोगी खेलों में भाग लेते हैं तो आप पहले से ही जानते हैं कि मानसिक दृढ़ता (या इसकी कमी) आपके प्रदर्शन को कैसे प्रभावित

करती है! लेकिन इसे स्पष्ट रूप से समझने के लिए कुछ उदाहरण देना जरूरी है।

अभ्यास सत्र के दौरान आपका शरीर और मन उस बिंदु तक थक सकता है कि आप अभ्यास को बीच में छोड़ना चाहते हैं। यह आपका धैर्य और संकल्प है, जो आपको अभ्यास जारी रखने देता है और आपको आगे बढ़ने के लिए मजबूर करता है, जब ऐसा लगता है कि आपके टैंक में ईंधन नहीं बचा है, अर्थात् आपके शरीर में ऊर्जा नहीं बची है।

प्रतिस्पर्धा करते समय आप आत्म-संदेह का अनुभव कर सकते हैं। आप खुद से और अपनी योग्यताओं के बारे में सवाल करेंगे। क्या आप वास्तव में अपनी प्रतियोगिता के रूप में अच्छे हैं? क्या वे आपकी अपेक्षा अच्छे हैं? तेज? बड़े? मजबूत? जैसे ही ये प्रश्न उठते हैं, आप चिंतित और उपेक्षित महसूस करना शुरू करेंगे। आप अपने प्रतिस्पर्धी से हीन भी महसूस कर सकते हैं।

मानसिक दृढ़ता आपको अपना प्रदर्शन करने पर ध्यान देने और शांत रहने में मदद करेगी। आपकी सफलता की कल्पना करने से आपके आत्म-संदेह को शांत करने में मदद मिलेगी। अपनी योग्यताओं में आत्मविश्वास होना, जो आपकी कड़ी मेहनत से उत्पन्न होता है, मनोवैज्ञानिक दबाव को दूर कर देगा। मानसिक रूप से दृढ़ एथलीट खुद में विश्वास करता है, सकारात्मक रहता है, नकारात्मक आत्म-चर्चा को समाप्त करता है और बाधाओं का सामना करते हुए अच्छा प्रदर्शन करता है।

मानसिक दृढ़ता और आपके लक्ष्य

व्यक्तिगत लक्ष्य स्थापित करना महत्त्वपूर्ण है, क्योंकि लक्ष्य हमें उद्देश्य प्रदान करता है। वे उन चीजों पर ध्यान देने में मदद करते हैं, जिन्हें हम पूरा करना चाहते हैं। वे हमें दिशा प्रदान करते हैं, क्योंकि वे हमें अंतिम लक्ष्य प्रदान करते हैं। यह दिशा हमें बेहतर निर्णय लेने और अधिक उद्देश्यपूर्ण कार्य करने में मदद करती है।

समस्या यह है कि अपने लक्ष्यों को हासिल करने के लिए आवश्यक परिश्रम प्रायः हमारे आवेगों के विपरीत होता है। उदाहरण के तौर पर, मान लें कि आपका लक्ष्य जिम में हफ्ते में पाँच दिन व्यायाम करना है। ऐसा भी समय होगा, जब आप व्यायाम को छोड़ने के लिए प्रलोभित होंगे और उस समय को सोफे पर बैठकर नेटफ्लिक्स पर अपना पसंदीदा शो देखते हुए बिताना चाहेंगे।

मान लें कि आपका लक्ष्य 20 पाउंड वजन कम करने का है। आपने जंक फूड से दूर रहने का निर्णय लिया है। यदि आपने कभी चीनी छोड़ने का प्रयास किया है (और हम में से किसने यह प्रयास नहीं किया है?) तो आप प्रत्यक्ष रूप से जानते होंगे कि तृष्णा कितनी भयंकर हो सकती है!

मान लें कि आपका लक्ष्य एक दिन में तीन नए व्यक्तियों से मिलना है। लेकिन हम कहते हैं कि आप अंतर्मुखी हैं और खुद को अजनबियों के समक्ष पेश करना एक दहशत भरा प्रस्ताव है। आप कभी-कभी अपने लक्ष्य को छोड़ने और अपने सुविधा-क्षेत्र में रहने के लिए प्रलोभित होंगे।

इन प्रत्येक परिदृश्य में मानसिक दृढ़ता आपके संकल्प को बल प्रदान करेगी, जब आपके अंदर तृष्णा और प्रलोभन व्याप्त होते हैं। वास्तव में किसी लक्ष्य को हासिल करने का एक बहुत बड़ा हिस्सा स्वभाव से मनोवैज्ञानिक होता है; सफलता अपने आवेगों का प्रतिरोध करने की हमारी क्षमता पर निर्भर होती है। अनुशासन के रूप में मानसिक दृढ़ता और भावनात्मक श्रेष्ठता आवेग को नियंत्रित करने हेतु दृढ़ता हमारे लिए जरूरी है।

जीवन की बड़ी कठिनाइयों, जैसे—तलाक, नौकरी छूटने या किसी प्रिय व्यक्ति की मृत्यु होने का सामना करते समय मानसिक दृढ़ता जरूरी है। लेकिन इस संदर्भ में भी मानसिक दृढ़ता के बारे में सोचना उपयोगी है कि आप जीवन की छोटी जटिलताओं का रचनात्मक रूप से सामना करने में इसका कैसे प्रयोग कर सकते हैं? ये ऐसी स्थितियाँ होती हैं, जो पूरे दिन घटित होती रहती हैं। हालाँकि इनका परिणाम छोटा होता है, लेकिन ये एकत्र होकर हमारे ऊपर बहुत बड़ा संचयी दबाव डालती हैं।

आइए, अब 10 चरणोंवाले मानसिक दृढ़ता प्रशिक्षण कार्यक्रम का प्रयोग करते हैं। यह आपको यह सुनिश्चित करेगा कि आपने आगामी विकास की नींव रखते हुए सही दिशा में कदम बढ़ा लिया है।

□

अपने मन को सुदृढ़ करने हेतु 10 चरणों का प्रशिक्षण कार्यक्रम

यह मानसिक दृढ़ता को विकसित करने के बारे में बातचीत करने (या पढ़ने) की एक चीज है। यह वास्तव में करने की दूसरी चीज है। यह विषय-वस्तु इतनी व्यापक है और इसका इतना अधिक फैलाव है कि यह जानना बहुत ही कठिन है कि कहाँ से शुरू किया जाए।

इस भाग में मैं आपको एक साधारण, तुरंत शुरू की जानेवाली कार्य-योजना प्रदान करूँगा। हम 10 चरणों से गुजरेंगे, जिनमें से प्रत्येक चरण मानसिक दृढ़ता के महत्त्वपूर्ण सिद्धांत पर फोकस करता है। ध्यान दें कि आपके मन को दृढ़ करने पर पूर्ण, विश्वकोशीय पहल से अलग कौन सा अनुसरण है! बल्कि इसे आपको सही दिशा में शुरुआत करने के लिए डिजाइन किया गया है। तथ्य यह है कि आपके लिए सर्व-समावेशी कार्यक्रम बनाना मेरे लिए असंभव होगा; क्योंकि मानसिक दृढ़ता विकसित करना व्यक्तिगत कार्य हो जाता है, जब आप मूल चीजों को जान लेते हैं।

अतः आइए, आपके जीवन में आनेवाली चुनौतियों, जटिलताओं और तनावों का प्रभावी ढंग से सामना करने के लिए आवश्यक कौशल एवं ज्ञान विकसित करना शुरू करते हैं।

चरण 1 : इस बात पर विचार करें कि आप अपने जीवन में मानसिक दृढ़ता का प्रयोग कैसे कर सकते हैं

सही ढंग से शुरुआत करने के लिए जरूरी है कि आप मानसिक दृढ़ता को अमूर्त विचार के रूप में सोचना बंद कर दें और इसे ऐसी चीज के रूप में सोचना शुरू करें, जिसका आपके वास्तविक जीवन में मोल है। पिछले भाग में हमने इसके असंख्य व्यावहारिक अनुप्रयोगों में से कुछ का पता लगाया था। यहाँ पर इस बात पर विचार करें कि आप कैसे अपनी व्यक्तिगत परिस्थितियों में अपनी नई-नई दृढ़ हुई मानसिकता का प्रयोग करेंगे?

जब हम अपने लक्ष्यों एवं आकांक्षाओं को हासिल करने के अपने उद्देश्य की पहचान कर लेते हैं तो इन्हें हासिल करना आसान हो जाता है। अतः खुद से पूछें कि आप मानसिक लचीलापन क्यों विकसित करना चाहेंगे? यह कैसे आपके जीवन में सुधार लाएगा? उदाहरण के तौर पर, यह डाइटिंग परहेज करते समय जंक फूड का विरोध करने में आपकी कैसे मदद करेगा? क्या यह आपको रोजाना व्यायाम करने के लिए अनुशासन प्रदान करेगा? क्या यह आपको भावनात्मक दृढ़ता प्रदान करेगा, जिसकी आपको अपने सबसे प्रिय परिवार के सदस्य की हाल ही में हुई मृत्यु के समय पर सँभालने के लिए जरूरत है?

मानसिक दृढ़ता विकसित करना एक कठिन कार्य है। जब आप संघर्ष करते हैं तो अपना उद्द्देश्य मालूम होने से आपको दृढ़ रहने में मदद मिलेगी।

चरण 2 : अपने लक्ष्यों को विभाजित करें

आप लक्ष्य निर्धारित करने के लिए कोई अजनबी नहीं हैं। यह तथ्य कि आप इस पुस्तक को पढ़ रहे हैं, इसका मतलब है कि आत्म-सुधार आपके लिए महत्त्वपूर्ण है, और लक्ष्यों के बिना खुद को बेहतर बनाना मुश्किल है।

कहा गया है कि लक्ष्य निर्धारित करना ही पर्याप्त नहीं है। मुख्य बात अपने लक्ष्यों को आसानी से प्रबंध किए जाने योग्य चरणों में विभाजित करना है। 'कैसे नेवी सील्स मानसिक दृढ़ता विकसित करते हैं' भाग में हमने विभाजन के अभ्यास के बारे में चर्चा की। नेवी सील्स मानसिक तनाव और दबाव को सहने के लिए इस तकनीक का इस्तेमाल करते हैं, जो उनके कार्य

के साथ-साथ होता है। वे व्याकुल होने से बचने के लिए इसका प्रयोग करते हैं।

यह धावकों द्वारा प्रयोग की जानेवाली तकनीक की तरह ही है, जब वे मैराथन में भाग लेते हैं। जब वे शारीरिक व मानसिक रूप से थक जाते हैं तो वे फिनिश लाइन तक पहुँचने पर ध्यान नहीं देते हैं। वे दिखाई देनेवाले अगले प्वाइंट तक पहुँचने पर ही ध्यान देते हैं। जब वे उस प्वाइंट पर पहुँच जाते हैं तो वे दिखाई देने वाले उससे अगले प्वाइंट तक पहुँचने पर ध्यान देते हैं। वे बार-बार यही काम करते हैं और उन्हें विश्वास होता है कि वे अंत में फिनिश लाइन तक जरूर पहुँच जाएँगे।

जब लक्ष्य कठिन हो जाए तो हार मान लेने के प्रलोभन का विरोध करने के लिए अपने लक्ष्यों को विभाजित करें।

चरण 3 : सुधार करने में कठिन परिस्थितियों को अवसर के रूप में पुनः व्यवस्थित करें

मानसिक दृढ़ता उत्पन्न करना इस बात पर निर्भर करता है कि हम अपनी परिस्थितियों के बारे में कैसा सोचते हैं? यदि हम कठिनाई में प्रतिकूलता और दुर्भाग्य का अनुभव करते हैं, जो हमें शक्तिहीन व पीड़ित बना देती है, तो हम हिम्मत हारने और समर्पण करने के प्रति अधिक प्रेरित होंगे। इसके विपरीत यदि हम उन्हें सीखने का अवसर मानते हैं तो यह संभावना अधिक है कि हम अपने सकारात्मक पहलुओं पर विचार करेंगे। यह विचार करनेवाली बात है कि हम चुनौतीपूर्ण परिदृश्यों की व्याख्या कैसे करते हैं?

उदाहरण के तौर पर, मान लें कि आप फ्रीलांसर हैं और किसी संभावित क्लाइंट से किसी परियोजना पर चर्चा कर रहे हैं। क्लाइंट आपके प्रस्ताव को तुरंत अस्वीकार करते हुए आपको टाल देता है। इस परिदृश्य में, यदि आप आदतन अपने आप को नकारात्मक स्थिति से ग्रस्त मानते हैं तो आप अपनी योग्यताओं और कौशल पर सहज रूप से सवाल खड़ा कर सकते हैं। यदि यह परिणाम बार-बार होता है तो आप स्वयं को अयोग्य मानना शुरू कर सकते हैं और अपना व्यवसाय बंद करने के लिए प्रलोभित होने लगते हैं।

लेकिन मान लें कि आप क्लाइंट की इस अस्वीकृति को सकारात्मक ढंग से व्यवस्थित करते हैं। उदाहरण के तौर पर, आप इसे अपनी मूल्य-निर्धारण ढाँचे के सुदृढ़ीकरण के रूप में व्याख्या कर सकते हैं (अर्थात् ऊँचा शुल्क लेने से बेहतर क्लाइंट मिलते हैं)। आप इसे अपने सिद्धांतों की पुष्टि के रूप में देख सकते हैं (जैसे कि आप जिस प्रकार का काम करना चाहते हैं या करने के लिए तैयार नहीं हैं)। कठिन परिस्थितियों को फिर से परिभाषित करके आप उनसे अनुमानित अंतर्दृष्टि का चयन करते हैं। मानसिकता में यह बदलाव निराशा में पड़ने के बीच अंतर कर सकता है, जब चीजें गलत हो रही होती हैं और दृढ़ रहने के लिए प्रेरित महसूस करती हैं।

चरण 4 : नकारात्मक भावनाओं को नियंत्रित करने का अभ्यास करें

भावनात्मक बुद्धि एक व्यापक विषय है, जिसमें कई अनुशासन और विषय क्षेत्रों, जैसे—सहानुभूति, आत्म-जागरूकता और आत्म-नियंत्रण को शामिल किया जाता है। ये विषय इस चर्चा-क्षेत्र से परे हैं। लेकिन हम अभी भी यह पता लगाकर इनका लाभ ले सकते हैं कि कैसे हम अपनी प्रक्रिया में शोक में डूबे बिना अपनी भावनाओं को नियंत्रण में करें।

जैसा कि हमने मानसिक दृढ़ता एवं भावनात्मक श्रेष्ठता में चर्चा की है, नकारात्मक भावनाएँ स्वाभाविक हैं। वास्तव में वे हमारे ध्यान को केंद्रित करने और खुद में सुधार करने के लिए हमें प्रोत्साहित करने में बहुत अधिक उपयोगी हो सकती हैं। समस्या यह है कि भावनाएँ, जैसे—चिंता, क्रोध और भय हमें अभिभूत कर सकती हैं और हमें निष्क्रिय बना सकती हैं। थोड़ी सी चीज लंबे समय तक चलती है और बहुत अधिक चीज तुरंत हमें अतिभारित कर सकती है।

हमें नकारात्मक भावनाओं को दबाना नहीं चाहिए। इसके विपरीत, हमें इन्हें प्रबंधित करना सीखना चाहिए। ऐसा करने का सर्वश्रेष्ठ तरीका यह सवाल करना है कि क्या आपकी भावनाएँ तर्क और कारण के अनुसार हैं? जब वे इसके अनुसार हैं तो उद्देश्यपूर्ण कार्य करना और जब चीजें गलत हो रही हों

तो अच्छे निर्णय लेना ज्यादा आसान हो जाता है।

उदाहरण के तौर पर, मान लें कि आपका सेवानिवृत्त पोर्टफोलियो बाजार में कम हो रहा है। यह 25 प्रतिशत तक कम हो गया है। आप क्रोधित व चिंतित हैं कि आपका निवेश पर्याप्त रूप से आपकी सेवानिवृत्ति को वित्त नहीं प्रदान करेगा। रुकें, साँस लें और खुद से पूछें कि क्या ये नकारात्मक भावनाएँ कारण के अनुसार हैं? हम इतिहास से जानते हैं कि आमतौर पर बाजार मंदा होने के बाद जल्द ही ऊपर भी जाता है। लंबी मंदी (अर्थात् मंदा बाजार), जो कुछ वर्षों की अपेक्षा लंबा चलता है, ऐसा दुर्लभ है।

इस ज्ञान से सुसज्जित होकर अपने क्रोध और चिंता को प्रबंधित करना आसान हो जाता है। इसे आपको पंगु बनाने देने के बजाय आप अच्छे निर्णय ले सकते हैं और समझदारी से कार्य कर सकते हैं (उदाहरण के तौर पर, अपने निवेश को अधिक लाभवाले क्षेत्र में लगाना)। इस उदाहरण में, आपका क्रोध और चिंता आपके निर्णय को सूचित करते हैं। वे आपको अक्षम बनाने के बजाय कार्य करने के लिए प्रेरित करते हैं।

नकारात्मक भावनाओं को नियंत्रित करना हमेशा आसान नहीं होता है। लेकिन आप इस तकनीक का प्रयोग करने में जितना ही सुसंगत होंगे, यह उतना ही आसान हो जाता है।

चरण 5 : अपने प्रदर्शन की कल्पना करें

यह चरण आसान और साधारण दोनों है। इसे कैसे करना है : जब आप कुछ करने जा रहे होते हैं तो अपनी आँखें बंद करें और इसे अपने मन में अच्छी तरह से करते हुए देखें। उसके बाद कल्पना करें कि आप विभिन्न चुनौतियों का सामना कैसे करेंगे!

अपने मन में अपने प्रदर्शन का पूर्वाभ्यास करने से दो महत्त्वपूर्ण चीजें होती हैं। पहले, यह आपके मन को सफलता की उम्मीद करने के लिए प्रशिक्षित करता है। जिम अफ्रीमो ने अपनी पुस्तक 'द यंग चैंपियन्स माइंड' में निम्नलिखित वर्णन किया है—

"... मस्तिष्क हमेशा वास्तविक और स्पष्ट रूप से कल्पना किए गए अनुभवों के बीच अंतर नहीं करता है; क्योंकि दोनों प्रकार के अनुभवों के लिए मस्तिष्क में एक ही प्रणाली होती है।"

जब आप किसी चीज को सफलतापूर्वक करते हुए कल्पना करते हैं तो आपका मस्तिष्क इसे वास्तविक समझता है। इसके परिणामस्वरूप, कल्पना करने से वास्तव में आपकी सफलता के अवसर में सुधार हो सकता है। यही कारण है कि विश्व स्तरीय एथलीट प्रतिस्पर्धा करने से पहले इस तकनीक का प्रयोग करते हैं। यदि यह उनके लिए काम करता है तो यह आपके लिए भी काम करेगा।

दूसरी चीज यह है कि मानसिक पूर्वाभ्यास आपको प्रत्येक संभावित आकस्मिक घटनाओं से निपटने के लिए तैयार करता है। जब आप कल्पना करते हैं कि आप विभिन्न चुनौतियों का कैसे सामना करेंगे तो आप अपने मन को इसका तेजी से सामना करने के लिए प्रशिक्षित करते हैं। इसके बजाय एक क्षण में प्रत्येक बाधा की व्याख्या करने के लिए मजबूर होने और उचित प्रतिक्रिया चुनने से आपकी प्रतिक्रिया पहले से ही प्रयुक्त हो जाएगी। जब आप बाधाओं का सामना करते हैं तो अपनी स्थिति के बारे में चिंतन करने में आप कम समय लगाएँगे और इनका सामना करना आपके लिए आसान होगा।

चरण 6 : अपने अंदर के आलोचक को प्रबंधित करें

नकारात्मक भावनाओं की तरह आपका आंतरिक आलोचक आपका मित्र या आपका शत्रु हो सकता है। यह सबसे अधिक इस बात पर निर्भर करता है कि आप इस पर कितना नियंत्रण रखते हैं? (अपने दिमाग में इस नकारात्मक आवाज की व्यापक चर्चा करने के लिए, जिसमें इसे नियंत्रित करने के लिए उपयोगी युक्तियाँ शामिल हैं, 'मानसिक दृढ़ता और आपका आंतरिक आलोचक' भाग देखें।)

आपके आंतरिक आलोचक की एक महाशक्ति प्रलयकारी सोच है। यह कल्पना करती है कि प्रत्येक स्थिति में खराब ही होगा। यह दृष्टिकोण तर्क

और कारण के विपरीत होता है, और जब हम प्रतिकूलता का सामना करते हैं तो उससे निपटने के हमारे इरादे का यह विरोध करता है।

उदाहरण के तौर पर, मान लें कि आप मीठे खाद्य पदार्थों से दूर रहने की कोशिश कर रहे हैं। एक दिन आप प्रलोभन में पड़ जाते हैं और डोनट्स खा लेते हैं। आपका आंतरिक आलोचक आपको यह समझाने की कोशिश करेगा कि इस एक गलती के विनाशकारी परिणाम होंगे। यह आपसे कहेगा कि आप कभी भी स्वस्थ आहार के प्रति सख्त नहीं हो पाएँगे और आप अनिवार्य रूप से अस्वस्थकारी, मोटे तथा दयनीय रूप से आलसी हो जाएँगे। आप अपने आसपास हर व्यक्ति के हँसी के पात्र बन जाएँगे। और सबसे खराब बात यह है कि आप साबित कर देंगे कि आपकी किस्मत असफलता ही है।

आपका आंतरिक आलोचक झटका दे सकता है

आप सकारात्मक आत्म-चर्चा का अभ्यास करते हुए इस आंतरिक नकारात्मक एकालाप को नियंत्रित करना सीख सकते हैं। इसका आशय यह नहीं है कि खुद को ऐसी चीजें बताएँ, जो असत्य हैं; बल्कि इसमें सकारात्मक विचार प्रबंधन शामिल है। इसमें अपनी ताकत पर दृढ़ रहने, अपनी कमजोरी को स्वीकार करने और इच्छापूर्वक कमजोरी को दूर करने की अपनी योग्यता की पहचान करना शामिल है। एक समय के बाद आपका आंतरिक आलोचक स्वयं को अकेला पाएगा।

चरण 7 : 'भावनात्मक हिमखंड' से छुटकारा पाएँ

'भावनात्मक हिमखंड' इस संबंध में व्यक्तिगत धारणा है कि हम खुद को कैसे देखते हैं। हम कैसे सोचते हैं कि हमारे आसपास मौजूद लोगों को कार्य करना चाहिए, और इस संसार में हमारा क्या स्थान है? हम केवल आंशिक रूप से इन हिमखंडों से अवगत हैं। वास्तविक लोगों की तरह उनके अधिकांश 'पिंड' अंदर होते हैं, केवल उनके सिरे ही ऊपर दिखाई देते हैं।

इसके परिणामस्वरूप हम उन्हें पहचानने में असफल हो जाते हैं, जबकि वे हमारे खिलाफ कार्य करते हैं।

भावनात्मक हिमखंड के निम्नलिखित कुछ उदाहरण हैं—

- "मैं जो भी चीज करता हूँ, वह संपूर्ण होनी चाहिए।"
- "जीवन निष्पक्ष होना चाहिए।"
- "यदि मैं असफल होता हूँ, तो यह ऐसा होता है, क्योंकि मैं असफल व्यक्ति हूँ।"
- "अपनी भावनाओं को दरशाना कमजोरी का संकेत है।"
- "मेरे माता-पिता को मुझे धन्यवाद कहना चाहिए, जब मैं उनके लिए कुछ करता हूँ।"
- "मेरे सहकर्मियों को मेरा सम्मान करना चाहिए।"
- "मुझे हमेशा संघर्ष से बचना चाहिए।"

भावनात्मक हिमखंड घातक होते हैं। वे चालाक और सूक्ष्म हैं। हमारे ध्यान देने से परे हमारे संकल्प, धैर्य एवं आवेग-नियंत्रण करने पर वे धीरे-धीरे दूर हो जाते हैं। इससे भी खराब बात यह है कि इनमें से अधिकांश बचपन से ही उत्पन्न हो जाते हैं और इस प्रकार, हमारे मन में गहराई से समाए होते हैं।

लेकिन हम इनसे छुटकारा पा सकते हैं। 'गुप्त' बात उन्हें चुनौती देना है, जैसे आप अपने आंतरिक आलोचक को चुनौती दे सकते हैं, जब भी यह हास्यास्पद दावा करता है। अगली बार जब आप खुद को सहज रूप से चुनौतीपूर्ण स्थिति में अस्वास्थ्यकर तरीके से प्रतिक्रिया करते हुए देखें तो उसे रोकें और इसके कारण की जाँच करें।

उदाहरण के तौर पर, मान लें कि आपने अनजाने में किसी को गुस्सा दिला दिया है और उसके बाद स्थिति सामान्य करना चाहते हैं। आपकी सबसे अधिक प्राथमिकता यह सुनिश्चित करना है कि वे आपसे अब क्रोधित न हों। रुकें और खुद से पूछें कि आपने इस ढंग से क्यों काम किया? क्या ऐसा इसलिए किया, क्योंकि आपको भरोसा था कि हर व्यक्ति को हमेशा आपके

साथ खुश रहना चाहिए (एक सामान्य भावनात्मक हिमखंड) ? यदि ऐसा है तो खुद से पूछें कि क्या यह व्यक्तिगत धारणा सही है ? क्या यह अनुचित हो सकती है ?

अपने भावनात्मक हिमखंड को लगातार चुनौती देते हुए हम उन्हें धीरे-धीरे पिघला सकते हैं और इस प्रकार उन्हें कम विकट बना सकते हैं।

चरण 8 : बाधाओं और असफलता से उबरने का अभ्यास करें

क्या आपने कभी किसी को दुर्भाग्य से ग्रस्त होने के बाद तुरंत सामान्य स्थिति में आते हुए देखा है ? वे इसे आसान बनाते हैं। आप खुद सोच रहे होंगे कि वह व्यक्ति ऐसा कैसे करता है ?

हो सकता है, उसने इसका बहुत अधिक अभ्यास किया हो! इसमें मानसिक दृढ़ता विकसित करने के संबंध में एक मूल्यवान् सीख निहित है।

हम में से कोई भी यह नहीं जानता है कि बाधाओं के बाद कैसे उबरना है ? यह सहज नहीं है। यह ऐसी चीज है, जिसे हम सीखते हैं। हम अनुभव से पता लगाते हैं कि असफलता कभी-कभी विनाशकारी या अंतिम होती है। जब हम ठोकर खाकर गिरते हैं तो हम खुद ही उठते हैं, खुद की धूल झाड़ते हैं और आगे बढ़ते रहते हैं।

हम जितना ही ऐसा करते हैं, यह उतना ही आसान बन जाता है।

असफलता से जल्दी उबरने की कुंजी दोहरी है। सबसे पहले, हमें तुरंत इसके बारे में अपने नकारात्मक विचारों का सामना और प्रतिवाद करने की आवश्यकता है। दूसरा, हमें अपने मन के उस हिस्से को दोबारा इसमें शामिल करना होगा, जो हमारी क्षमताओं, रचनात्मकता और आत्म-मूल्य को पहचानता है।

उदाहरण के तौर पर, मान लें कि आपको अपनी नौकरी में एक प्रस्तुति प्रदान की गई है, जो खराब चल रही है। यदि आप नकारात्मक विचारों के प्रति बहुत अधिक संवेदनशील हैं तो आप आत्म-प्रत्यारोप में फँस सकते हैं। आप यह निर्णय ले सकते हैं कि आप अक्षम हैं, पेशेवर नहीं हैं और दूसरों को निर्देश देने या सूचित करने के लिए स्वाभाविक रूप

से अयोग्य हैं। और इस प्रकार आप कभी भी प्रस्तुति न देने का संकल्प ले सकते हैं।

लेकिन मुझे यह कहने दें कि आपकी असफलता के संबंध में पूरी तरह से भिन्न मानसिकता है। जब नकारात्मक विचार आते हैं तो आप तुरंत उसका विरोध करें, क्योंकि आप जानते हैं कि वे असत्य हैं। उसके बाद आप खुद को याद दिलाएँ कि आप बहुत अधिक कुशल, ज्ञानी, रचनात्मक और उपाय-कुशल हैं। इस प्रकार आप जल्दी ही इस बाधा से मुक्त होने में समर्थ होते हैं। और जब आपको पता चल जाता है कि आपका प्रस्तुतीकरण असफल क्यों रहा तो आप सुनिश्चित हो जाएँगे कि आपका अगला प्रस्तुतीकरण सफल रहेगा।

बाधाओं से उबरने का आप जितना अधिक अभ्यास करेंगे, आप इनका अनुभव करने के बाद उतना ही कम खिन्न महसूस करेंगे। अंत में आप पाएँगे कि अपनी धूल झाड़ना और सामान्य स्थिति में आना स्वाभाविक है।

चरण 9 : ऐसी आदतें डालें, जो अनुशासन व धैर्य को प्रोत्साहित करें

हम 'इच्छा-शक्ति की भूमिका एवं प्रेरणा' भाग में की गई चर्चा से जानते हैं कि ये दोनों भरोसेमंद संसाधन नहीं हैं। जब हमें तकलीफ और कठिनाई में दृढ़ रहना होता है तो हम इन दोनों पर भरोसा नहीं कर सकते हैं। इसकी बेहतर रणनीति आदतें डालना और दिनचर्या बनाना है, जो हमारे संकल्प को बल प्रदान करती हैं।

क्या कभी ऐसा हुआ है कि आप सो रहे हैं और अलार्म बजने से कुछ मिनट पहले जाग जाते हैं, लेकिन गरम बिस्तर छोड़कर उठ नहीं पाते हैं? उसके बाद, आपका अलार्म बजता है और अंत में आप बिस्तर छोड़कर उठ जाते हैं। अलार्म एक प्रेरक है, जो आपकी सुबह की दिनचर्या—जैसे दाँतों में ब्रश करना, स्नान करना, तैयार होना और कॉफी पीना—को शुरू करता है। यह दिनचर्या आदतों का एक क्रम है। यह स्वाभाविक रूप से होता है; हालाँकि आप पहला अप्रिय कार्य (बिस्तर छोड़कर उठना) करने में कठिनाई का अनुभव करते हैं।

'मानसिक दृढ़ता और आपकी आदतें' भाग में जैसा बताया गया है, मेरी आदतें इच्छा-शक्ति और प्रेरणा की अपेक्षा ज्यादा भरोसेमंद होती हैं, जब हमें बाधाओं को पार करना होता है। वे हमें रास्ते से भटकने नहीं देती हैं और अपने आवेगों को नियंत्रित करने में हमारी मदद करती हैं। वे संतुष्टि को टालने, हमें प्रलोभन में फँसने की अपेक्षा चुनौतियों का सामना करने में ध्यान देने में मदद करती हैं।

उदाहरण के तौर पर, मान लें कि आपके अंदर काम से घर लौटने के बाद रोज शाम को व्यायाम करने जाने की इच्छा होती है। यदि आपका दिन लंबा व थकाऊ रहा है तो आप अपने सोफे पर आराम से बैठकर टेलीविजन देखने के लिए प्रलोभित होंगे। लेकिन मान लें कि आपने प्रत्येक शाम को घर लौटने के तुरंत बाद अपने रोजमर्रा के कपड़े (कपड़े का जूता, निकर और टी-शर्ट) पहनने की आदत को अपनाया है। यह आदत इतनी पक्की है कि यह अब स्वाभाविक रूप से होती है।

इस आदत से आप बेहतर तरीके से अपने सोफे व टी.वी. का विरोध करने में सक्षम होंगे और वास्तव में शाम को व्यायाम करने जा पाएँगे।

जब हम चुनौतियों और जटिलताओं का सामना करते हैं तो हमारी आदतें हमें दृढ़ बने रहना आसान बनाती हैं। अच्छी आदतें डालें और आप हार मानने के लिए कम प्रेरित होंगे, जब आप असहज या दबाव महसूस करेंगे।

चरण 10 : छोटी जीतों का उत्सव मनाएँ

हमारी प्रवृत्ति अंतिम परिणाम पर ध्यान देने की होती है। उदाहरण के तौर पर, कॉलेज में अपनी जी.पी.ए. के संबंध में सफलता को परिभाषित करते हैं। जब हमारे कॅरियर की बात आती है तो हम अपनी सफलता को अपनी मनपसंद की पदोन्नति प्राप्त करने के रूप में परिभाषित करते हैं। यदि हम अपना थोड़ा वजन घटाने का प्रयास करते हैं तो हम इस बात पर ध्यान देते हैं कि क्या हम अपने अंतिम लक्ष्य वजन तक पहुँच पाएँगे?

अंतिम परिणाम पर हमारा ध्यान होना प्रशंसनीय है; लेकिन ऐसा प्रायः

इस प्रक्रिया के दौरान छोटी सफलताओं को नजरअंदाज करने के बाद ही होता है। जब हम बाधाओं का अनुभव करते हैं तो अपने मन को आगे बढ़ते रहने के लिए प्रशिक्षित करने के लिए ये सफलताएँ एक महत्त्वपूर्ण अवयव हैं।

उदाहरण के तौर पर, मान लें कि आप अपना 30 पाउंड वजन कम करने के लिए आहार नियंत्रण कर रहे हैं और व्यायाम कर रहे हैं। इस मात्रा में वजन कम करना एक दुर्जेय प्रयास है और इसमें आपका ध्यान लगा रहता है। यदि आप रास्ते में ठोकर खाते हैं (उदाहरण के तौर पर, आप कैंडी बार खा लेते हैं या एक दिन व्यायाम करना छोड़ देते हैं) तो आप स्वयं इतना दु:खी महसूस कर सकते हैं कि आप इसे छोड़ देने के लिए प्रलोभित हो सकते हैं। आपका ध्यान 'फिनिश लाइन' पर है और यह इतना लंबा रास्ता है कि आपके गलत कदम को देखते हुए इसे हासिल करना असंभव लगता है।

लेकिन मुझे कहने दें कि आप छोटी जीतों पर खुश होने के लिए समय दें। सप्ताह में चार दिन जिम में जाने पर खुद का आभार व्यक्त करें। पिछले तीन दिनों तक स्वस्थ खाना खाने के लिए खुद को पुरस्कृत करें (उदाहरण के तौर पर, किसी ऐसी मूवी को किराए पर लेना, जिसे आप देखना चाहते हैं)। आप आज जंक फूड खाने के आग्रह का सफलतापूर्वक विरोध करने के लिए अपनी पसंदीदा 'सिटकॉम' एपिसोड देखने की खुद को अनुमति देते हैं।

छोटी जीतों का जश्न मनाने से हमने जो भी हासिल करने की कोशिश की है, उसके बारे में हमें अच्छा महसूस होता है। इससे हमें खुशी मिलती है और बार-बार खुशी का अनुभव होने से हम अपने लक्ष्य की ओर आगे बढ़ने के लिए प्रेरित हो सकते हैं, जब हम इस प्रक्रिया में शारीरिक व भावनात्मक रूप से असहज होते हैं।

अब आपके पास कार्य-योजना है। अपने मन को दृढ़ करने का कार्य

शुरू करने के लिए 10 चरण और इस प्रक्रिया में धैर्य व दृढ़ता उत्पन्न करना और संकल्प लेना, जब आप असहजता एवं तनाव का सामना करते हैं।

आगे क्या होगा? जब आपने मानसिक दृढ़ता विकसित कर ली है, उसके बाद इसे बरकरार रखने की चुनौती होती है। यदि आपका जीवन नियमित बाधाओं, अवरोधों और दुर्भाग्य के बिना है तो आपका नया दृढ़ मानस किसी अन्य मांसपेशी की तरह क्षीण हो सकता है। हम इस मुद्दे को अगले भाग में सुलझाएँगे।

□

मानसिक दृढ़ता रख-रखाव गाइड

मानसिक दृढ़ता के विकास के एक बड़े हिस्से में संज्ञानात्मक पुनर्गठन शामिल है। यह एक ऐसी प्रक्रिया है, जिसके दौरान आप सभी नकारात्मक, गलत विचारों, दृष्टिकोणों और भावनाओं पर सवाल खड़ा करते हैं।

यह इस बदलाव के बारे में है कि आप कैसे संसार को देखते हैं और आपका इसमें क्या स्थान है ? अपनी परिस्थितियों के प्रति अपनी स्वचालित प्रतिक्रियाओं को स्वीकार करने और उन्हें उचित मानने के बजाय आप उनकी जाँच करते हैं।

संज्ञानात्मक पुनर्गठन एक बार की गई प्रक्रिया नहीं है, कम-से-कम मानसिक दृढ़ता बरकरार रखने के संदर्भ में नहीं है। यह ऐसी चीज है, जिसमें आप आशापूर्वक लगातार भाग लेंगे, अपने विचारों की नियमित निगरानी करेंगे और वैधता के लिए उनका परीक्षण करेंगे।

जीवन कभी-कभी हमें ऐसी अवधि प्रदान करता है, जिसके दौरान हम किसी भी बड़ी बाधा या दुर्भाग्य से पीड़ित नहीं होते हैं। हर चीज हमारे लिए हो रही होती है। समस्या यह है कि मानसिक दृढ़ता मांसपेशी की तरह है। यदि हम इसका प्रयोग नहीं करते हैं तो यह क्षीण हो जाती है। सौभाग्य से हम सामान्य मानसिक व्यायाम नियम का पालन करते हुए इसे आसानी से इस रूप में परिवर्तित होने से रोक सकते हैं। निम्नलिखित आठ अभ्यासों को, जब जीवन मनोवैज्ञानिक एवं भावनात्मक तनाव से मुक्त होता है, तो उस समय मानसिक रूप से दृढ़ बने रहने में आपकी मदद करने के लिए डिजाइन किया गया है।

आपकी मानसिक दृढ़ता बरकरार रखने और जोर देने के लिए 8 अभ्यास

ये अभ्यास अप्रासंगिक प्रतीत हो सकते हैं। ये सभी आसान व सामान्य हैं और इनमें थोड़ा ही वक्त लगता है। लेकिन इनके सामूहिक प्रभाव को कम न आँकें। यदि आप इन्हें रोज करते हैं तो इनका इस बात पर महत्त्वपूर्ण प्रभाव पड़ेगा कि आप अपने विचारों व भावनाओं को कैसे संसाधित करते हैं!

1. सरल चिंतन का अभ्यास करें

हम क्रिस्टल लेकर बैठने, मंत्रों का उच्चारण करने या अपने मूल चक्र को मजबूत करने के बारे में बात नहीं कर रहे हैं। यहाँ पर हम आँखें मूँदकर कुछ मिनट तक बैठना और अपनी साँसों पर ध्यान रखना चाहते हैं। हम इस क्षण उपस्थित होना चाहते हैं।

सामान्य चिंतन से हमें संसार से अलग होने में मदद मिलती है। इससे सभी समय-सीमाओं, उम्मीदों और अन्य तनावों से थोड़ी देर तक अवकाश लेने में मदद मिलती है। यह आपको अपनी साँस को पकड़ने का अवसर प्रदान करता है।

विज्ञान अभ्यास का समर्थन करता है, क्योंकि यह मस्तिष्क की मानसिक दृढ़ता के अनुरूप कार्य करता है। अध्ययन से पता चलता है कि चिंतन 'एंटीरियर सिंगुलेट कॉर्टेक्स' (ACC) में गतिविधि को प्रेरित करता है।* यह मस्तिष्क का वह क्षेत्र है, जो ध्यान को नियंत्रित करने, निर्णय करने, आवेग को नियंत्रित करने और भावनात्मक प्रतिक्रिया करने में अपना योगदान देता है।

आप इस सामान्य चिंतन का कहीं भी और किसी भी समय अभ्यास कर

---

* HÖlzel B.K.; Ott U.; Hempel H.; Hackl A.; Wolf K.; Stark R.; Vaitl D. (2007). "Differential engagement of anterior cingulate cortex and adjacent medial frontal cortex in adept meditators and nonmedita-tors." Neuroscience Letters. https://www.sciencedirect.com/science/article/abs/pii/S030439400700451X

सकते हैं। आपको इसके लिए थोड़ा सा एकांत और पाँच मिनट का समय चाहिए। यदि आपके आसपास शोर है तो अपने हेडफोन को लगा लें।

2. खुद से पूछें, 'सबसे बुरा क्या हो सकता है ?'

जब जीवन अच्छा है और सबकुछ सही हो रहा है, तब भी आत्म-संदेह घर कर सकता है। आप अपने निर्णयों का अनुमान लगाना शुरू कर देंगे और इस डर से कार्य करने से पहले संकोच करेंगे कि आपसे गलती हो जाएगी।

आत्म-संदेह हमारे मनोविज्ञान का स्वाभाविक और स्वस्थ हिस्सा है। यह अच्छे निर्णय लेने में हमारी मदद करता है, हमें सर्वश्रेष्ठ कार्य करने के लिए प्रोत्साहित करता है और हमें नकारात्मक परिणामों से बचाता है। समस्या यह है कि यह हमें पंगु भी बना सकता है। यह हमारे विचारों को खपा सकता है, भय और अनिर्णय को बढ़ावा देता है, जिससे यह एक दायित्व बन जाता है।

यह अभ्यास इस प्रभाव का मुकाबला करता है। जब आप कार्य करने के बजाय हिचकिचाते हुए खुद को संदेह से ग्रस्त पाते हैं तो खुद से पूछें, "यदि मैं इस कार्य को करता हूँ तो सबसे खराब चीज क्या हो सकती है ?" इसके जवाब से प्रकट होगा कि गलतियाँ शायद ही विनाशकारी होती हैं। यह हमें याद दिलाता है कि हम बिना डर के इस आत्मविश्वास के साथ कार्य कर सकते हैं कि ऐसा करने का कोई बुरा परिणाम नहीं होगा। हम जितनी बार इसे करते हैं, अनिश्चितता का सामना करते समय हम उतना ही कम हिचकिचाएँगे।

3. जोखिम उठाने में सहज हों

जोखिम उठाने से हमारे असफल होने की संभावना होती है और यह एक अस्थिर करनेवाला अनुभव हो सकता है। लेकिन असफलता से डरने की कोई बात नहीं है। जबकि आमतौर पर भुगतान करने के लिए एक कीमत होती है, कीमत शायद ही कभी विनाशकारी होती है। इस बीच, जोखिम लेने से हमें

मूल्यवान् अनुभव के साथ-साथ विशिष्ट प्रतिफल का आनंद लेने का अवसर भी मिलता है। हम वांछित परिणाम उत्पन्न करने के लिए जोखिम लेते हैं।

संज्ञानात्मक पुनर्निर्माण के एक हिस्से में यह समंजन शामिल होता है कि हम असफलता के बारे में कैसे सोचते हैं? हर कीमत पर बचनेवाली चीज मानने के बजाय हमें इसे कार्य करने के लिए हमेशा उपस्थित रहनेवाली आपदा के रूप में स्वीकार करना सीखना चाहिए। वास्तव में हमें इसे प्रत्याशित मानना सीखना चाहिए। सही बात यह है कि हमें असफलता से मूल्यवान् अंतर्दृष्टि प्राप्त करना चाहिए। हम सीखते हैं कि क्या चीज काम करती है और क्या चीज नहीं करती है।

पूरे दिन छोटे जोखिम लें।

उदाहरण के तौर पर, मान लें कि आप एक पसंदीदा रेस्तराँ में जा रहे हैं। आप ऐसा खाना ऑर्डर करते हैं, जिसे आपने कभी भी नहीं खाया है। यदि आप जिम में हैं, तो नई मशीन पर व्यायाम करने की कोशिश करें। यदि आप किसी दोस्त के साथ हैं, तो इस प्रकार से खुलें, जो आपके लिए खराब प्रतीत हो सकता है (उदाहरण के तौर पर, उसकी दोस्ती के लिए अपनी प्रशंसा व्यक्त करना)। छोटे जोखिम लेने का अभ्यास करने से आप बिना बड़े परिणाम के असफलता का सामना करते हैं। इस प्रक्रिया में आपका मन धीरे-धीरे असफलता से डरना बंद कर देगा और इसके बजाय वह इसे सीखने तथा सुधार करने का अवसर मानने लगेगा।

4. उन चीजों की उपेक्षा करने का अभ्यास करें, जो आपके नियंत्रण से बाहर हैं

आत्मसंयमी व्यक्ति के पास यह सही था। कुछ चीजें हमारे नियंत्रण से बाहर होती हैं, और इसलिए इसमें अपने चौकस संसाधनों की खपत नहीं करनी चाहिए। एपिक्टेटस, एक यूनानी दार्शनिक, जिनकी मृत्यु 135 ईस्वी में हुई थी, ने अपने प्रवचनों में निम्नलिखित उल्लेख किए हैं—

"जीवन में मुख्य कार्य बस, यह है—मामलों की पहचान करना और

उन्हें अलग करना, ताकि मैं अपने आप से स्पष्ट रूप से कह सकूँ कि कौन सी चीज मेरे नियंत्रण में नहीं है और किन चीजों पर मेरा वास्तव में नियंत्रण है।"

एपिक्टेटस एक चतुर व्यक्ति था।

जिन चीजों को हम नियंत्रित या प्रभावित करने में असमर्थ हैं, उन पर समय और ध्यान खर्च करना ऊर्जा की बरबादी है। ऐसी बातों को नजरअंदाज करने से हमें ही लाभ होता है। यह हमारे मन को मुक्त करता है, ताकि हम उन चीजों पर ध्यान केंद्रित कर सकें, जिन्हें हम वास्तव में बदल सकते हैं।

निम्नलिखित का प्रयास करें—

अगली बार जब आप कोई चीज ऑनलाइन पढ़ते हैं—उदाहरण के तौर पर, आप राजनीति या वर्तमान घटनाओं के बारे में कुछ भी पढ़ते हैं—तो अपने आप से पूछें, "मेरा इस पर कितना नियंत्रण है?" यदि इसका उत्तर 'नहीं' में है तो इसे नजरअंदाज करें और आगे बढ़ें। इससे आपका तनाव कम जो जाएगा। अपनी ऊर्जा ऐसी चीजों पर लगाएँ, जिन्हें आप बदल सकते हैं और संभवतया इस प्रक्रिया में बेहतर कार्य कर सकते हैं। इसके अतिरिक्त, आप अपनी भावनाओं को नियंत्रित करना आसान पाएँगे, जो मानसिक दृढ़ता का एक महत्त्वपूर्ण अवयव है।

5. जब आपकी इच्छा-शक्ति कम हो जाए तो अपने उद्देश्य पर ध्यान केंद्रित करें

आपकी 'टु-डू लिस्ट' में निस्संदेह ऐसे कार्य होंगे, जिन्हें आप टालना चाहेंगे या जिनसे पूरी तरह से बचना चाहेंगे। जब हम ऐसे कार्यों का सामना करते हैं तो कभी-कभी इन्हें करने के लिए मानसिक धैर्य उत्पन्न करना मुश्किल होता है। ये अप्रिय हो सकते हैं, या हमसे ज्यादा संतुष्टिदायक गतिविधि को छोड़ने (भले ही वह अस्थायी हो) की आवश्यकता हो सकती है। इस अवधि के दौरान इस बात पर ध्यान केंद्रित करें कि कार्य को पूरा करने की आवश्यकता क्यों है?

उदाहरण के तौर पर, मान लें कि आपको अपने कार्य-स्थल पर किसी महत्त्वपूर्ण परियोजना को पूरा करने की आवश्यकता है। आपको उम्मीद है कि इस काम में तीन घंटे लगेंगे। आप इसके लिए तत्पर नहीं हैं और आप इसके बजाय इंटरनेट पर सर्फिंग करने में समय व्यतीत करते हैं। खुद को याद दिलाएँ कि आपको इस परियोजना को पूरा करने की आवश्यकता क्यों है? क्या आपके बॉस ने आपको कोई ठोस समय-सीमा दी है? क्या आप किसी दूसरी परियोजना में भाग लेने में अक्षम हो जाएँगे, यदि आप इसे करने में असफल रहते हैं? क्या आपके सहकर्मी इसे समय पर खत्म करने के लिए आप पर भरोसा कर रहे हैं?

यह सरल मानसिक व्यायाम आपको कार्य करने के लिए प्रेरित कर सकता है, जब आपके पास अन्यथा इच्छा-शक्ति की कमी है। अपने उद्देश्य पर ध्यान केंद्रित करते हुए—अर्थात् आपके 'क्यों' पर आप उस प्रेरणा को प्रदर्शित करेंगे, जो आपको करने के लिए जरूरी है।

यहाँ मैं अपने खुद के जीवन का एक मूर्खतापूर्ण उदाहरण दे रहा हूँ—

जब मैं हाई स्कूल में था तो मेरी कक्षा में एक लड़की थी, जिसे मैं प्रभावित करना चाहता था। मुझे पता था कि वह रॉक गिटार बजाती है। इस स्थिति में किसी भी युवा की तरह मैंने उसे चकित करने के लिए गिटार बजाने में प्रवीण होने का निर्णय लिया। इसलिए मैंने रोज सुबह तड़के 4.30 बजे उठकर लगातार अभ्यास किया। अकसर सुबह को मैं बिस्तर पर ही पड़े रहना चाहता था; लेकिन मैं याद करता था कि मुझे क्यों उठना है? और ऐसा करते ही मैं तुरंत बिस्तर से उठ जाता था, अपना गिटार लेता था और अपने काम में लग जाता था।

यह आश्चर्यजनक है कि जब आप अपने उद्देश्य पर ध्यान केंद्रित करते हैं तो आप खुद को प्रेरित कर सकते हैं।

6. अपने आंतरिक आलोचक के बजाय अपने आंतरिक आशावाद को वरीयता दें

आपका आंतरिक आलोचक एक स्वाभाविक निराशावादी है। हर व्यक्ति दावा करता है कि यह दोष-दर्शी और नीरस है। और जब यह विशेष रूप से निर्दयी महसूस करता है तो यह सर्वथा अपमानजनक हो सकता है। निम्नलिखित कुछ संदिग्ध दावों को मेरे भीतर के आलोचक को मेरे रास्ते में फेंकने में आनंद आता है—

- 'आप ज्यादा स्मार्ट नहीं हैं।'
- 'आप भद्दे हैं।'
- 'आप मोटे हैं।'
- 'आपकी कोई भी परवाह नहीं करता है।'
- 'आप सबकुछ गड़बड़ कर देते हैं।'

यह जाना-पहचाना लगता है? दोबारा, इसका आशय 'जोशीला' से है। और यह पूरी तरह से अनुपयोगी है।

हमने 'मानसिक दृढ़ता और आपका आंतरिक आलोचक' भाग में इस अप्रिय आंतरिक आवाज को चुप कैसे करें, इसके बारे में पर्याप्त चर्चा की है। यहाँ हम चीजों को एक कदम आगे ले जा रहे हैं। हम इस आवाज की जगह आंतरिक आशावाद को रखने जा रहे हैं।

अपनी आंतरिक आवाज को चुप करने के संबंध में हमने एक मुख्य युक्ति की चर्चा की थी, जो यह है कि हमेशा अपने निर्दयी दावों का साक्ष्य माँगें। उदाहरण के तौर पर, यदि आपका आंतरिक आलोचक कहता है, 'आपकी कोई परवाह नहीं करता है', तो आपको सचमुच यह प्रतिक्रिया करनी चाहिए कि वह इसे 'साबित करे।' यह अकेला ही आपके आंतरिक आलोचक का मुँह बंद कर देगा।

लेकिन इससे एक कदम आगे चलते हैं। इस उदाहरण में, अपने जीवन में आए उन सभी व्यक्तियों के बारे में याद करें, जो आपकी वास्तव में बहुत अधिक परवाह करते हैं। परिवार के सदस्यों, दोस्तों और यहाँ तक कि अपने साथ काम करनेवाले लोगों के बारे में सोचें, जिनके साथ आप वर्षों से काम करते आए हैं। वे आपकी परवाह करते हैं, क्योंकि आप एक अच्छे इनसान

हैं। आप भरोसेमंद, निष्पक्ष और जिम्मेदार व्यक्ति हैं। हो सकता है, आप दयालु, मजाकिया और जल्दी भूलनेवाले व्यक्ति भी हों। बात यह है कि लोग आपकी परवाह करते हैं, क्योंकि वे आपके आसपास रहने में खुशी का अनुभव करते हैं।

यह आपके आंतरिक निराशावाद को आंतरिक आशावाद से बदलने का एक उदाहरण है। ऐसा करने से आप इस बात से प्रभावित होंगे कि कैसे आप खुद को देखते हैं, जिसमें अपने आसपास के संसार में अपना सकारात्मक प्रभाव रखने की आपकी क्षमता शामिल है।

7. नियमित रूप से अपने सुविधा-क्षेत्र से बाहर निकलकर साहस का कार्य करें

हम हमेशा उन्हीं चीजों पर चिपके रहना चाहते हैं, जो हमारे लिए परिचित हैं। हम एक ही रेस्तराँ में बार-बार जाते हैं। हम अपने दोस्तों के साथ एक ही गतिविधि में भाग लेते हैं, जब हम उनके साथ समय बिताते हैं। हम अस्वस्थ रिश्तों में भी बने रहते हैं—मोटे तौर पर; क्योंकि हम जानते हैं कि क्या उम्मीद करनी चाहिए! अनिश्चितता हमेशा असहज होती है और हम में से अधिकांश लोग जब भी संभव हो, ऐसे अनुभव से बचने की कोशिश करते हैं।

समस्या यह है कि अपने सुविधा-क्षेत्र में रहने से हम उन अनुभवों से वंचित रहते हैं, जिनसे हमें मूल्यवान् सीख मिल सकती है। यदि हम कभी भी नई चीजों को करने की कोशिश नहीं करेंगे, न ही हम सुनियोजित जोखिम उठाएँगे तो हम खुद को उन्नति करने के अवसर से दूर रखेंगे। यदि हम लगातार खुद को अनिश्चितता से अलग रखते हैं तो हम खुद को कभी भी जीवन की अनियोजित जटिलताओं का अनुभव करते हुए सही मायने में मानसिक दृढ़ता विकसित करने का अवसर नहीं दे पाएँगे।

यहाँ तक कि जब हम मानसिक दृढ़ता विकसित कर लेते हैं, फिर भी इस खराब आदत में पड़ना आसान रहता है। कोई भी व्यक्ति असहज नहीं होना चाहता है या अनिश्चितता में नहीं फँसना चाहता है। हम स्वभावत:

पूर्वानुमान पसंद करते हैं। इसमें हमें कम जोखिम होता है।

जब अपनी नई मानसिकता को बरकरार रखने की बात आती है तो यह एक समस्या है। जैसा कि ऊपर उल्लेख किया गया है, मानसिक दृढ़ता मांसपेशी की तरह है, जिसे नियमित अभ्यास की जरूरत होती है।

मैं आपको ऐसी छोटी चीजें करने के अवसरों की तलाश करने की सलाह देता हूँ, जो आपके सुविधा-क्षेत्र के बाहर की हैं। ऐसी तकलीफों का इस्तेमाल करें, जो अनिश्चितता को बढ़ावा देती हैं। आप अपने मन को प्रशिक्षित करेंगे कि अपरिचित चीजों को करने का प्रयास करने से आपदा नहीं आ जाएगी। इसके विपरीत नए अनुभव आपके कौशल का विस्तार कर सकते हैं, आपकी समस्या का समाधान निकालने की योग्यता में सुधार हो सकता है और आपका आत्मविश्वास बढ़ता है कि आप सामने आनेवाली किसी भी बाधा को पार कर सकते हैं।

8. नए कौशल में पारंगत होने की अपनी क्षमता का परीक्षण करें

अपने सुविधा-क्षेत्र से बाहर जोखिम उठाने से आप नए कौशल सीख सकते हैं और हमें इसे सीखना चाहिए। ऐसा करते हुए आप अपने मन को प्रशिक्षित करते हैं कि किसी भी चीज को सीखना आपकी क्षमता से बाहर नहीं है, और आप इसमें समय के साथ पारंगत हो जाते हैं। इस स्वीकृति से आपकी मानसिक दृढ़ता को बल मिलेगा और जब समय अच्छा हो तथा तनाव की अनुपस्थिति में यह क्षीण होने से बचेगी।

उदाहरण के तौर पर, मान लें कि आपने कभी खाना नहीं बनाया है। कच्ची सामग्री के साथ शुरुआत करने और खाना पकाने का विचार आपको भयभीत कर रहा है। यह अनुभव रसोईघर में काम करने की आपकी जानकारी न होने से सीधे जुड़ा है।

अब आइए, आप इस क्षेत्र में अपने सुविधा-क्षेत्र से बाहर निकलकर जोखिम उठाते हुए काम करने का निर्णय लें। आप खुद के लिए रात का खाना पकाने के लिए प्रतिबद्ध हैं। आप ऐसा करते हैं और देखें कि यह खाना

इतना भी बुरा नहीं बना है। वास्तव में यह बिल्कुल अच्छा है। इसलिए आप अगली रात को ऐसा दोबारा करें और इसके बाद रोज खाना बनाएँ। आप जितना ही ऐसा करते हैं, बेहतर तरीके से खाना बनाना सीख जाते हैं। इसके परिणामस्वरूप आप रसोईघर में काम करने में कुशल हो जाते हैं।

इस प्रक्रिया में चेतना-शून्यता शामिल है। यह आपको बार-बार प्रदर्शन के माध्यम से अपने डर का सामना करने का मौका देती है। इस क्रम में इससे आप ऐसी चीज को करने में पारंगत हो जाते हैं, जो करना कभी आपको कठिन लगता था। इसका क्या परिणाम रहा? न केवल आप एक नया कौशल अर्जित करेंगे, बल्कि इससे आपका आत्मविश्वास भी बढ़ेगा कि आप व्यावहारिक रूप से किसी भी चीज को करना सीख सकते हैं। खुद पर यह विश्वास आपके संकल्प को प्रबल करेगा, जब आप प्रतिकूलता और असामान्य परिस्थितियों का सामना करते हैं।

मानसिक दृढ़ता बनाए रखना उतना ही महत्त्वपूर्ण है, जितना इसे पहली बार विकसित करना है। यह मनोवृत्ति है, जो आपके जीवन के प्रत्येक क्षेत्र में आपको लाभ पहुँचाएगी। ऐसा होने से, विशेष रूप से इसे विकसित करने में, आप द्वारा की गई कड़ी मेहनत के बाद इस 'मांसपेशी' को इस्तेमाल में न लाकर इसे बरबाद करना एक दुःखद घटना होगी।

इन अभ्यासों को इस मांसपेशी को मजबूत बनाए रखने में आपकी मदद करने के लिए डिजाइन किया गया है। जब तक यह मजबूत रहेगी, आप इस पर भरोसा करने में सक्षम रहेंगे, जब भी आपके जीवन में कोई अप्रत्याशित चुनौतियाँ और बाधाएँ आती हैं।

□

मानसिक दृढ़ता के विकास पर अंतिम विचार

हम सभी बाधाओं और दुर्भाग्य का सामना करते हैं। ये अपरिहार्य होती हैं। यह मायने रखता है कि हम उन्हें कैसे जवाब देते हैं?

किसी भी दिन हमारे साथ जो भी होता है, उस पर हम नियंत्रण नहीं रख पाते हैं। हम योजना बना सकते हैं कि कैसे हम किसी चीज की प्रगति होने देना चाहते हैं, हम संपूर्ण टु-डू लिस्ट बनाते हैं और यहाँ तक कि इस बात का अभ्यास करते हैं कि कैसे हम संभावित मुद्दों के प्रति प्रतिक्रिया करेंगे। लेकिन अंततः हम अंधी दौड़ कर रहे हैं।

जब जीवन हमको मोड़ता है, ऐसी स्थिति जब हम अपनी योजना से विचलित हो जाते हैं तो हमारे पास दो विकल्प होते हैं—संकल्प के साथ उसे अपनाना या भावना के साथ प्रतिक्रिया करना। जीवन के हर क्षेत्र में शीर्ष प्रदर्शक भावना के साथ प्रतिक्रिया को चुनते हैं।

यह आसान नहीं होता है। कोई भी व्यक्ति स्वाभाविक तौर पर संकल्प के साथ जन्म नहीं लेता है। किसी को भी जन्म के समय भावनात्मक निपुणता और मनोवैज्ञानिक लचीलापन उपहार में नहीं मिला होता है। हम बाधाओं, दबाव और तनाव का अनुभव करते हुए इन चीजों को सीखते हैं। जिस तरह स्टील को आग में तपाया जाता है, वैसे ही हमारे मन पर विपरीत परिस्थितियों का असर पड़ता है। हम कठिनाई और असुविधा द्वारा दृढ़ हो जाते हैं।

'Mental Toughness हैंडबुक' का लक्ष्य इस प्रक्रिया को सुव्यवस्थित करना और इस प्रकार से इसे अनुकूलित करना है। अप्रत्याशित कठिनाइयों को अपनी मानसिक दृढ़ता के विकास का निर्धारण करने देने के बजाय आपने अपनी प्रगति को नियंत्रित करने का विकल्प चुना है। आपने अपना स्वयं का जहाज चलाने का विकल्प चुना है।

और यह जश्न मनाने के लिए है।

बहुत से लोग खुद को मानसिक रूप से दृढ़ मानते हैं; लेकिन उनके अंदर धैर्य और दृढ़ता की कमी होती है, जो मन की इस अवस्था को परिभाषित करती है। कई अन्य लोग मानसिक रूप से दृढ़ होने के बारे में बात करते हैं—और वे ऐसा करने के लिए एक-दो किताबें भी खरीदते हैं—लेकिन वे कभी भी पहला कदम नहीं उठाते हैं। अकसर जो किताबें उन्होंने खरीदी होती हैं, वे उनकी आलमारी (या उनके फोन पर और ई-रीडर) में बिना पढ़े ही रखी रहती हैं।

आप अलग हैं। आपने इस किताब को पढ़ा है और (आशा है कि) अभ्यास भी किए हैं। आप इस महत्त्वपूर्ण क्षेत्र में अपनी व्यक्तिगत प्रगति के लिए वचनबद्ध हैं। और यदि आप रणनीतियों एवं सुझावों को लागू करना जारी रखते हैं, जो आपने इस किताब में पढ़े हैं तो आप पाएँगे कि इनसे आपको जीवन भर लाभ होगा।

मुझे इसमें कोई संदेह नहीं है कि जल्द ही आपके जीवन में कुछ लोगों को आपकी मानसिकता में एक उल्लेखनीय बदलाव दिखाई देगा। आपके मित्र, प्रियजन और सहकर्मी भी अपनी मानसिक दृढ़ता विकसित करने के लिए आपके उदाहरण से प्रेरित हो सकते हैं।

□

क्या आपको 'Mental Toughness हैंडबुक' को पढ़ने में आनंद आया?

'द Mental Toughness हैंडबुक' को पढ़ने हेतु समय निकालने के लिए आपको बहुत-बहुत धन्यवाद। हम बहुत दूर तक चलकर आ गए हैं, क्या ऐसा नहीं है? मुझे पूरी तरह से उम्मीद है कि आपने इस यात्रा का आनंद लिया होगा। मुझे पूरी आशा है कि इस पुस्तक में दी गई सलाह और अभ्यास आपकी अपने पूरे जीवन में सामने आनेवाली किसी भी बाधा से पार पाने में मदद करेगी।

मैं आपसे एक समर्थन चाहता हूँ

यदि इस पुस्तक में कोई चीज आपको प्रतिध्वनित करती है तो कृपया समय निकालकर अमेजन पर अपनी समीक्षा दें। डेविड एलेन, टिमोथी फेरिस और रे डैलियो जैसे बड़े नाम वाले लेखकों के लिए समीक्षाएँ मायने नहीं रखतीं; लेकिन मेरे जैसे छोटे लेखकों के लिए यह एक जबरदस्त मदद होगी। इससे दूसरे पाठक मेरी पुस्तक को पढ़ने के लिए उत्साहित होंगे। आपके शब्द उन्हें विश्वास दिलाने के लिए काफी होंगे।

दूसरे, यदि आप मेरी नई पुस्तकों के विमोचन के बारे में सूचना प्राप्त

करना चाहते हैं (आमतौर पर बड़ी छूट के साथ) तो कृपया मेरी मेलिंग लिस्ट के लिए साइन अप करें—

http://artofproductivity.com/free-gift/

आपको तुरंत मेरी 40 पेज की पी.डी.एफ. गाइड 'कैटापल्ट योर प्रोडक्टिविटी : द टॉप 10 हैबिट्स यू मस्ट डेवलप टू गेट मोर थिंग्स डन' का एक्सेस मिलेगा। आप शिथिलता को रोकने, सुबह की दिनचर्या बनाने, थकान से बचने, पैने ध्यान विकसित करने और अन्य चीजों पर कार्य करने योग्य सलाह प्राप्त करेंगे।

यदि आपको कुछ पूछना है या आप कोई उपयोगी सुझाव देना चाहते हैं, जो जीवन में बदलाव लाए तो कृपया damon@artofproductivity.com. पर मुझसे संपर्क करने का कष्ट करें। मैं इसके बारे में सुनना पसंद करूँगा।

अगली बार तक,

डेमन जहरिएड्स
http://artofproductivity.com

□□□